Pte Montmartre
Pte de Clignancourt
des Poissonniers
de la Chapelle
d'Aubervilliers
BOULD de la Villette
MACDONALD
NEY
R. Belliard
SACRÉ-CŒUR
SQUARE St PIERRE
N.D. DE CLIGNANCOURT
St BERNARD
ABATTOIRS
GÉNÉRAUX
St CHRISTOPHE
DOUANE
JEAN JAURÈS
Mie DU XVIIIe ARRt
HOPl LARIBOISIÈRE
COLLÈGE ROLLIN
GARE DU NORD
AVENUE TRUDAINE
Rue du Delta
St VINCENT-DE-PAUL
Chabrol
Paradis
St GEORGES
BUTTES-CHAUMONT
NOTRE-DAME DE-LORETTE
Châteaudun
FOLIES BERGÈRE
Richer
Rue Bergère
GARE DE L'EST
St LAURENT
Mie DU Xe ARRt
VARIÉTÉS
BOURSE
Sentier
St EUSTACHE
St LEU
HALLES
CENTRALES
ARTS-ET-MÉTIERS
St ÉLISABETH
St NICOLAS-DES-CHAMPS
Rambuteau
PLACE RÉPUBLIQUE
St JOSEPH
St AMBROISE
ARCHIVES NATles
TOUR St JACQUES
CHÂTELET
Ste CHAPELLE
PALAIS DE JUSTICE
LA MONNAIE
HÔTEL-DIEU
PARVIS NOTRE-DAME
NOTRE-DAME
St SÉVERIN
MUSÉE DE CLUNY
ODÉON
SÉNAT
LUXEMBOURG
SORBONNE
PANTHÉON
POLYTECHNIQUE
St MÉDARD
VAL-DE-GRÂCE
OBSERVATOIRE
ARAGO
LES GOBELINS
St LOUIS EN-L'ILE
SEINE
JARDIN DES PLANTES
GARE D'ORLÉANS
LA SALPÊTRIÈRE
GARE DE LYON
GARE DE VINCENNES
N.D. DE LA GARE
D1720163

Maigret
Der 42. Fall

Georges Simenon

Maigret hat Angst

Roman

Aus dem Französischen von Hansjürgen Wille, Barbara Klau und Bärbel Brands

Mit einem Nachwort von Robert Schindel

Kampa

Die französische Originalausgabe erschien 1953 unter dem Titel
Maigret a peur im Verlag Presses de la Cité, Paris.
Die deutsche Erstausgabe erschien 1957 im Verlag
Kiepenheuer & Witsch, Köln.
Die Übersetzung wurde für die vorliegende Ausgabe von
Bärbel Brands grundlegend überarbeitet.

Mehr Informationen über die Simenon-Gesamtausgabe:
www.kampaverlag.ch/simenon

Für den Blick hinter die Verlagskulissen:
www.kampaverlag.ch/newsletter

www.kampaverlag.ch
Covergestaltung: Herr K | Jan Kermes, Leipzig
Coverabbildung: © Estate Brassaï – RMN-Grand Palais
© Centre Pompidou, MNAM-CCI,
Dist. RMN-Grand Palais/Adam Rzepka
Frankreichkarte: © Peter Horree, Alamy Stock Photo
Satz: Tristan Walkhoefer, Leipzig
Gesetzt aus der Stempel Garamond LT
Druck und Bindung: CPI books GmbH, Leck
Auch als E-Book erhältlich und als Hörbuch bei DAV
ISBN 978 3 311 13042 0

I

Der Bummelzug im Regen

Maigret befand sich zwischen zwei kleinen Bahnhöfen, deren Namen er nicht einmal hätte nennen können und von denen er im Dunkeln kaum etwas sah, außer dem Regen, der sich wie Bindfäden im Lichtschein einer großen Lampe abzeichnete, und einigen Schattengestalten mit ihren Karren, als er sich plötzlich fragte, was er hier eigentlich wollte. Vielleicht war er in dem überhitzten Abteil für einen Augenblick eingenickt. Es musste jedoch ein leichter Schlaf gewesen sein, denn er wusste, dass er sich in einem Zug befand. Er hörte das monotone Rattern und hätte schwören können, von Zeit zu Zeit in der dunklen Weite der Felder die erleuchteten Fenster eines einsamen Bauernhofs gesehen zu haben. All das war wirklich, auch der Rußgeruch, der sich mit dem seines feuchten Mantels mischte, und das Gemurmel, das unablässig aus einem Nebenabteil drang; aber dennoch erinnerte all das an einen Traum, als spielte es sich jenseits von Raum und Zeit ab.

Er hätte sich in irgendeinem Zug befinden können, der über Land fuhr. Genauso hätte er der fünfzehnjährige Maigret sein können, der an einem Samstag in genau solch einem Bummelzug mit uralten Waggons, deren Wände bei jeder Anstrengung der Lokomotive knarzten, vom Internat nach Hause fuhr. Die gleichen Stimmen in der Nacht, die bei jedem Halt zu vernehmen waren, die gleichen Männer, die sich am Postwaggon zu schaffen machten, das gleiche Pfeifen des Bahnhofsvorstehers.

Halb öffnete er die Augen, zog an seiner Pfeife, die erloschen war, und blickte zu dem Mann, der in der anderen Ecke des Abteils saß. Auch er hätte damals in dem Zug sitzen können, der Maigret heimgebracht hatte zu seinem Vater. Er hätte der Graf oder Schlossbesitzer sein können, der wichtigste Mann des Ortes oder irgendeiner Kleinstadt.

Er trug einen Golfanzug aus hellem Tweed und einen jener Regenmäntel, die man nur in ausgesuchten, sehr teuren Geschäften findet. Dazu einen grünen Jägerhut, an dessen Band eine winzige Fasanenfeder steckte. Trotz der Hitze hatte er seine gelbbraunen Lederhandschuhe nicht ausgezogen; solche Leute behalten ihre Handschuhe im Zug oder Auto für gewöhnlich an. Und trotz des Regens zeichnete sich auf seinen glanzpolierten Schuhen nicht ein Schmutzfleck ab.

Er musste etwa fünfundsechzig Jahre alt sein, war

also schon ein älterer Herr. Es ist seltsam, wie sehr Menschen dieses Alters auf jedes Detail ihrer äußeren Erscheinung bedacht sind. Dass sie es immer noch darauf anlegen, sich von gewöhnlichen Sterblichen zu unterscheiden.

Sein rosiger Teint war typisch für Männer seines Schlags, und in dem kleinen silberweißen Schnurrbart zeichnete sich ein vom Zigarrerauchen gelber Kreis ab. Sein Blick jedoch hatte nicht die Selbstgewissheit, die man erwartet hätte. Aus seiner Ecke beobachtete er Maigret, der seinerseits zu ihm hinblinzelte und zwei- oder dreimal nahe daran war, ihn anzusprechen.

Der schmutzige, regennasse Zug fuhr weiter durch eine dunkle Welt, in der nur selten ein Licht aufblitzte. Manchmal tauchte eine Bahnschranke auf und dahinter die verschwommene Gestalt eines Fahrradfahrers, der wartete, bis der Zug vorbeigefahren war.

War Maigret traurig? Nein, das war es nicht. Er fühlte sich nicht ganz wohl. Vor allem hatte er in den letzten Tagen zu viel getrunken; aus Pflichtgefühl und ohne Vergnügen.

Er war zum internationalen Polizeikongress gefahren, der in diesem Jahr in Bordeaux stattgefunden hatte. Es war April. Als er Paris verlassen hatte, wo der Winter lang und zäh gewesen war, schien der Frühling schon vor der Tür zu stehen. Aber in Bordeaux hatte es drei Tage lang geregnet, und der kalte Wind hatte einem die Kleider an den Leib gedrückt.

Zufällig waren die wenigen Freunde, die er sonst auf diesen Kongressen traf, wie Mister Pyke, diesmal nicht anwesend. Jedes Land schien in diesem Jahr darauf bedacht gewesen zu sein, nur Männer von dreißig bis vierzig Jahren zu schicken, die er allesamt noch nie gesehen hatte. Sie waren sehr höflich zu ihm gewesen, geradezu ehrerbietig, wie man sich eben einem Älteren gegenüber zeigt, den man respektiert, aber zugleich als ein wenig gestrig empfindet.

Bildete er sich das nur ein, oder hatte ihn der unaufhörliche Regen in schlechte Stimmung versetzt? Und dazu all der Wein, den sie in den Kellereien hatten trinken müssen, zu deren Besichtigung die *chambre de commerce* sie eingeladen hatte.

»Amüsierst du dich?«, hatte ihn seine Frau am Telefon gefragt.

Er hatte mit einem Brummen darauf geantwortet.

»Versuch dich ein bisschen zu erholen. Beim Wegfahren kamst du mir recht abgespannt vor. Jedenfalls wirst du auf andere Gedanken kommen. Aber erkälte dich nur nicht!«

Vielleicht hatte er sich plötzlich alt gefühlt. Selbst die Diskussionen, die beinahe ausschließlich um neue wissenschaftliche Verfahren kreisten, hatten ihn nicht interessiert. Am Abend hatte das Bankett stattgefunden und am nächsten Morgen noch ein letzter Empfang – diesmal im Rathaus –, danach ein Mittagessen, bei dem es wieder reichlich zu trinken gab. Da er erst am Montagmorgen wieder in Paris sein musste, hatte er Chabot versprochen, ihn übers Wochenende in Fontenay-le-Comte zu besuchen.

Chabot wurde schließlich auch nicht jünger. Zu der Zeit, da Maigret zwei Jahre lang an der Universität in Nantes Medizin studiert hatte, waren sie Freunde gewesen. Chabot hatte Jura studiert und in derselben Pension gewohnt. Zwei- oder dreimal hatte Maigret seinen Freund an einem Sonntag zu dessen Mutter nach Fontenay begleitet.

Im Laufe der vielen Jahre, die seitdem vergangen waren, hatten sie sich vielleicht zehn Mal gesehen.

»Wann besuchst du mich einmal in der Vendée?«

Auch Madame Maigret hatte versucht, ihn dazu zu bewegen.

»Warum fährst du nicht auf der Rückreise von Bordeaux bei deinem Freund Chabot vorbei?«

Er hätte schon vor zwei Stunden in Fontenay eintreffen müssen, aber er hatte den falschen Zug genommen. In Niort, wo er einen längeren Aufenthalt gehabt und im Wartesaal ein paar Gläschen getrunken hatte, war ihm kurz der Gedanke gekommen, Chabot anzurufen, damit er ihn mit dem Wagen abholte. Aber er hatte es schließlich doch nicht getan. Julien hätte darauf bestanden, Maigret bei sich aufzunehmen, und der Kommissar verabscheute es, bei anderen Leuten zu übernachten.

Er würde im Hotel absteigen und ihn von dort anrufen.

Es war töricht gewesen, diesen Abstecher zu machen, anstatt die beiden freien Tage zu Hause am Boulevard Richard-Lenoir zu verbringen. Wer weiß, in Paris regnete es vielleicht schon nicht mehr, und der Frühling war endlich da.

»Man hat Sie also kommen lassen …«

Maigret fuhr zusammen. Ohne sich dessen bewusst gewesen zu sein, musste er seinen Reisegefährten weiterhin angeblinzelt haben, und dieser hatte sich nun entschlossen, ihn anzusprechen. Es schien ihm selbst etwas peinlich zu sein. Offenbar glaubte er, deshalb einen gewissen ironischen Unterton mitschwingen lassen zu müssen.

»Pardon?«

»Ich sagte, ich habe schon geahnt, dass sie jemanden wie Sie rufen würden.«

Und als Maigret noch immer nicht zu verstehen schien, setzte er nach: »Sie sind doch Kommissar Maigret?«

Der Reisende, wieder ganz der Mann von Welt, erhob sich und stellte sich vor: »Vernoux de Courçon.«

»Sehr erfreut.«

»Ich habe Sie sofort erkannt. Ich habe Ihr Foto schon oft in der Zeitung gesehen.«

Es klang, als ob er sich dafür entschuldigen wollte, Zeitung zu lesen.

»Sie erleben das sicher oft.«

»Was?«

»Dass man Sie erkennt.«

Maigret wusste nicht, was er darauf antworten sollte. Er stand noch nicht wieder mit beiden Beinen in der Wirklichkeit. Seinem Gegenüber traten Schweißperlen auf die Stirn, ganz so, als hätte er Mühe, sich mit Anstand aus der Situation, in die er sich gebracht hatte, wieder herauszulavieren.

»Hat mein Freund Julien Sie angerufen?«

»Sie meinen Julien Chabot?«

»Ja, den Untersuchungsrichter. Es wundert mich, dass er mir heute Morgen nichts davon gesagt hat.«

»Ich begreife immer noch nicht.«

Vernoux de Courçon runzelte die Stirn und betrachtete ihn aufmerksam.

»Sie wollen mir doch nicht weismachen, dass Sie zufällig nach Fontenay-le-Comte kommen?«

»Doch.«

»Und Sie statten Julien Chabot keinen Besuch ab?«

»Doch, aber …«

Plötzlich errötete Maigret. Er ärgerte sich über seine folgsame Art zu antworten. Ebenso hatte er sich einst gegenüber den feinen Herrschaften verhalten, zu denen auch jener Reisegefährte gehörte: »den Leuten vom Schloss«.

»Merkwürdig, nicht wahr?«, stichelte der andere.

»Was ist daran merkwürdig?«

»Dass Kommissar Maigret, der wahrscheinlich noch nie in Fontenay gewesen ist …«

»Hat man Ihnen das erzählt?«

»Ich nehme es an. Jedenfalls hat man Sie dort nicht oft gesehen, und ich habe auch nie jemanden davon reden hören. Es ist merkwürdig, denke ich, dass Sie genau in dem Augenblick eintreffen, da die Polizeibehörde alarmiert und ratlos vor dem rätselhaftesten Geheimnis steht, das …«

Maigret zündete ein Streichholz an und zog ein paarmal kurz an seiner Pfeife.

»Ich habe mit Julien Chabot eine Zeit lang zusammen studiert«, sagte er ruhig. »Damals bin ich mehrmals in seinem Haus in der Rue Clémenceau zu Gast gewesen.«

»Tatsächlich?«

Kühl erwiderte er:

»Tatsächlich.«

»Dann werden wir uns bestimmt morgen Abend bei mir in der Rue Rabelais sehen. Samstags kommt Chabot immer zum Bridge zu uns.«

Der Zug hielt an der letzten Station vor Fontenay. Vernoux de Courçon hatte kein Gepäck bei sich, nur eine Aktentasche aus braunem Leder, die neben ihm auf der Bank lag.

»Ich bin gespannt, ob Sie das Geheimnis lüften

werden. Zufall hin oder her, es ist ein Glück für Chabot, dass Sie hier sind.«

»Lebt seine Mutter noch?«

»Gesund und kräftig wie eh und je.«

Der Mann erhob sich, knöpfte seinen Regenmantel zu, zog an seinen Handschuhen und rückte den Hut gerade. Der Zug fuhr langsamer. Immer mehr Lichter glitten vorüber, Leute eilten über den Bahnsteig.

»Es hat mich sehr gefreut, Sie kennenzulernen. Sagen Sie Chabot, ich hoffe, Sie beide morgen Abend bei mir begrüßen zu dürfen.«

Maigret nickte nur, öffnete die Tür des Abteils, ergriff seinen schweren Koffer und ging, ohne jemanden zu beachten, schnurstracks zum Ausstieg.

Chabot konnte ihn nicht mit diesem Zug erwarten, den er rein zufällig genommen hatte. Als Maigret den Bahnhof verlassen hatte, blickte er auf die Rue de la République. Es regnete in Strömen.

»Taxi, Monsieur?«

Er nickte.

»Hôtel de France?«

Er nickte noch einmal und ließ sich schlecht gelaunt in das Polster fallen. Es war erst neun Uhr abends, aber in der Stadt, in der nur noch zwei oder drei Cafés erleuchtet waren, herrschte schon nächtliche Stille. Der Eingang zum Hôtel de France war flankiert von zwei Palmen in grün gestrichenen Kübeln.

»Haben Sie ein Zimmer?«

»Ein Einzelzimmer?«

»Ja. Wenn möglich möchte ich gern noch eine Kleinigkeit essen.«

Das Hotel war bereits in Dämmerlicht getaucht wie eine Kirche nach der Abendmesse. Man musste sich erst in der Küche erkundigen und im Speisesaal zwei, drei Lampen einschalten.

Um nicht in sein Zimmer hinaufsteigen zu müssen, wusch Maigret sich die Hände in dem Porzellanbecken eines Springbrunnens.

»Weißwein?«

Ihm war noch übel von all dem Weißwein, den er in Bordeaux hatte trinken müssen.

»Haben Sie kein Bier?«

»Nur in Flaschen.«

»Dann bringen Sie mir einen Rotwein.«

Man hatte für ihn Suppe aufgewärmt und Schinken aufgeschnitten. Von seinem Platz aus sah er, wie jemand völlig durchnässt die Hotelhalle betrat. Da der Fremde dort niemanden vorfand, an den er sich wenden konnte, warf er einen Blick in den Speisesaal und schien erleichtert zu sein, als er den Kommissar bemerkte. Es war ein rothaariger Mann von etwa vierzig Jahren mit dicken geröteten Backen. Er trug einen beigefarbenen Regenmantel, und an den Riemen über seiner Schulter hingen Fotoapparate. Er schüttelte den Regen von seinem Hut und kam näher.

»Erlauben Sie, dass ich zunächst einmal ein Foto von Ihnen mache? Ich bin Journalist des *Ouest-Eclair* für diese Region. Ich habe Sie schon am Bahnhof gesehen, aber plötzlich waren sie weg. Man hat Sie also kommen lassen, um den Fall Courçon aufzuklären.«

Blitzlicht. Klicken.

»Kommissar Féron hatte nichts davon gesagt, dass Sie kommen würden. Der Untersuchungsrichter ebenfalls nicht.«

»Ich bin nicht wegen des Falls Courçon hier.«

Der Rothaarige lächelte; es war das Lächeln eines Profis, dem man nichts vormacht.

»Natürlich!«

»Was, natürlich?«

»Sie sind nicht *offiziell* hier. Ich verstehe. Trotzdem ...«

»Nichts trotzdem!«

»Der Beweis ist, dass Féron mir gesagt hat, er kommt gleich her.«

»Wer ist Féron?«

»Der Polizeikommissar von Fontenay. Als ich Sie am Bahnhof gesehen habe, bin ich sofort in die Telefonzelle gestürzt und habe ihn angerufen. Er hat mir gesagt, er werde mich hier treffen.«

»Hier?«

»Natürlich. Wo denn sonst?«

Maigret trank sein Glas aus, wischte sich den Mund ab und murmelte:

»Wer ist dieser Vernoux de Courçon, mit dem ich von Niort an zusammen gereist bin?«

»Er war im Zug, in der Tat. Das ist der Schwager.«

»Der Schwager von wem?«

»Von dem Courçon, der ermordet worden ist.«

Ein kleiner braunhaariger Mann kam jetzt ins Hotel, und sofort entdeckte er die beiden im Speisesaal.

»Salut, Féron!«, rief der Journalist.

»Bonsoir. Entschuldigen Sie, Monsieur Maigret. Niemand hat mir gesagt, dass Sie kommen, sonst wäre ich natürlich am Bahnhof gewesen. Es war ein aufreibender Tag, und ich war gerade dabei, einen Happen zu essen, als ...«

Er deutete auf den Rothaarigen.

»Ich bin daraufhin sofort hierhergeeilt und ...«

»Ich habe dem jungen Mann bereits gesagt«, erwiderte Maigret, wobei er seinen Teller zurückschob und nach seiner Pfeife griff, »dass ich mit Ihrem Fall Courçon nichts zu tun habe. Ich bin ganz zufällig in Fontenay-le-Comte, um meinen alten Freund Chabot einmal wiederzusehen und ...«

»Weiß er, dass Sie hier sind?«

»Er hat mich sicher mit dem Vier-Uhr-Zug erwartet. Als er mich nicht gefunden hat, nahm er wahrscheinlich an, ich käme erst morgen oder gar nicht.«

Maigret erhob sich.

»Und jetzt werde ich, wenn Sie erlauben, ihn noch kurz begrüßen gehen und mich dann schlafen legen.«

Alle beide, sowohl der Polizeikommissar als auch der Reporter, wirkten vollkommen durcheinander.

»Wissen Sie tatsächlich nichts?«

»Absolut nichts.«

»Haben Sie die Zeitungen nicht gelesen?«

»In den letzten drei Tagen haben uns die Veranstalter des Kongresses und die *chambre de commerce* in Bordeaux keine freie Minute gelassen.«

Sie wechselten einen misstrauischen Blick.

»Wissen Sie, wo der Richter wohnt?«

»Aber natürlich. Es sei denn, die Stadt hat sich seit meinem letzten Besuch gravierend verändert.«

Sie konnten sich noch nicht dazu entschließen, ihn aus ihren Fängen zu lassen. Auch auf der Straße wichen sie nicht von seiner Seite.

»Messieurs, ich habe die Ehre, mich von Ihnen zu verabschieden.«

Der Reporter blieb hartnäckig:

»Können Sie denn keine Erklärung abgeben für den *Ouest-Eclair*?«

»Nein. Guten Abend, Messieurs.«

Er erreichte die Rue de la République, überquerte die Brücke und begegnete auf seinem Weg zu Chabots Haus kaum einem Menschen. Chabot wohnte in einem alten Haus, das Maigret einst sehr bewundert hatte. Es war unverändert: ein graues Steinhaus, zu dem vier Stufen hinaufführten und das hohe Fenster hatte, deren Scheiben aus kleinen Vierecken bestanden. Ein schwacher Lichtschein drang durch die Vorhänge.

Maigret läutete und hörte leise Schritte auf den vermutlich immer noch blauen Fliesen des Flurs. Ein kleines Fenster in der Tür öffnete sich.

»Ist Monsieur Chabot zu Hause?«, fragte er.

»Wer ist da?«

»Kommissar Maigret.«

»Ach, Sie sind es, Monsieur Maigret.«

Er hatte die Stimme von Rose wiedererkannt, dem Dienstmädchen, das schon seit dreißig Jahren bei den Chabots angestellt war.

»Ich mache Ihnen gleich auf. Ich muss nur die Kette abnehmen.«

Zugleich rief sie ins Haus hinein:

»Monsieur Julien! Ihr Freund, Monsieur Maigret, ist da. Treten Sie ein, Monsieur Maigret … Monsieur Julien war heute Nachmittag am Bahnhof. Er war enttäuscht, Sie dort nicht anzutreffen. Wie sind Sie denn hergekommen?«

»Mit dem Zug.«

»Sie meinen mit dem Abendzug?«

Eine Tür öffnete sich, und im gelben Lichtschein stand ein großer, magerer, leicht gebeugter Mann in einer braunen Samtjacke.

»Da bist du ja!«, sagte er.

»Ja. Ich habe meinen Zug verpasst und eine schlechtere Verbindung nehmen müssen.«

»Und wo ist dein Gepäck?«

»Im Hotel.«

»Was fällt dir ein? Nun gut, dann werde ich es von dort holen lassen. Es versteht sich natürlich, dass du hier wohnst.«

»Hör mal, Julien …«

Seltsam. Es kostete ihn Mühe, seinen alten Freund beim Vornamen zu nennen. Es klang sonderbar. Selbst das Du kam ihm nicht leicht über die Lippen.

»Komm herein! Du hast hoffentlich noch nicht zu Abend gegessen?«

»Doch. Im Hôtel de France.«

»Soll ich Madame Bescheid sagen?«, fragte Rose.

»Sie hat sich sicherlich schon schlafen gelegt«, mischte sich Maigret ein.

»Sie ist eben erst hinaufgegangen. Sie geht nie vor elf oder zwölf schlafen. Ich …«

»Auf keinen Fall! Ich will nicht, dass sie gestört wird. Ich sehe deine Mutter morgen früh.«

»Das wird ihr aber gar nicht recht sein.«

Maigret rechnete nach: Madame Chabot musste mindestens achtundsiebzig Jahre alt sein. Schon bereute er, noch hergekommen zu sein. Trotzdem hängte er seinen vom Regen schweren Mantel an den alten Garderobenständer und folgte Julien in dessen Arbeitszimmer, während Rose, die auch schon über sechzig war, auf Anweisungen wartete.

»Was nimmst du? Einen guten Cognac?«

»Gern.«

Rose verstand die stumme Anweisung des Richters und zog sich zurück. Der Geruch des Hauses war noch immer derselbe, und auch das war etwas, das in Maigret einst leise Neidgefühle hervorgerufen hatte: der Geruch eines gepflegten Hauses mit blank gebohnertem Parkett, in dem gut gekocht wurde.

Er hätte schwören mögen, dass jedes Möbelstück noch an seinem alten Platz stand.

»Setz dich. Ich freue mich, dass du da bist.«

Er war fast versucht zu behaupten, Chabot selbst habe sich auch nicht verändert. Seine Züge, sein Gesichtsausdruck waren ihm vertraut. Da er selbst wie jeder um ihn herum gealtert war, bemerkte Maigret die Spuren kaum, die die Jahre im Gesicht des Freundes hinterlassen hatten. Dennoch erschreckte es ihn, seinen Freund so matt und zögerlich, beinahe verzagt zu erleben.

War er schon immer so gewesen? Hatte Maigret es nur nicht wahrgenommen?

»Zigarre?«

Auf dem Kamin lag ein ganzer Stapel Zigarrenkisten.

»Ich rauche immer noch Pfeife.«

»Ach, ich hatte es ganz vergessen. Ich rauche schon seit zwölf Jahren überhaupt nicht mehr.«

»Ärztliche Verordnung?«

»Nein. Eines schönen Tages habe ich mir gesagt, die Pafferei ist Unsinn und …«

Rose kam mit einem Tablett herein, auf dem eine mit feinem Kellerstaub bedeckte Flasche und ein Kristallglas standen.

»Trinkst du auch nicht mehr?«

»Ich habe es zur selben Zeit aufgegeben. Nur zum Essen trinke ich noch ein wenig mit Wasser verdünnten Wein. Du hast dich übrigens gar nicht verändert.«

»Findest du?«

»Du scheinst dich einer ausgezeichneten Gesundheit zu erfreuen. Ich bin wirklich froh, dass du gekommen bist.«

Warum wirkte er nicht ganz aufrichtig?

»Du hast mir so oft versprochen, einmal vorbeizukommen, und dann im letzten Augenblick wieder abgesagt, dass ich, offen gestanden, nicht mehr mit dir gerechnet habe.«

»Alles ist möglich, wie du siehst.«

»Wie geht es deiner Frau?«

»Gut.«

»Hat sie dich nicht begleitet?«

»Sie macht sich nichts aus Kongressen.«

»Wie war es denn?«

»Es wurde viel getrunken, viel geredet, viel gegessen.«

»Ich reise immer weniger.«

Er senkte die Stimme, denn man hörte Schritte im oberen Stock.

»Mit meiner Mutter ist das schwierig. Andererseits kann ich sie nicht mehr allein lassen.«

»Ist sie immer noch so rüstig?«

»Ja, sie ist noch die Alte. Nur die Augen wollen nicht mehr so recht. Es bereitet ihr Kummer, dass sie keinen Faden mehr einfädeln kann, aber sie weigert sich, eine Brille zu tragen.«

Man spürte, dass Chabot mit seinen Gedanken woanders war, während er Maigret auf ähnliche Weise anblickte, wie es Vernoux de Courçon im Zug getan hatte.

»Hast du schon davon gehört?«

»Wovon?«

»Von dem, was hier vorgeht.«

»Fast eine Woche lang habe ich keine Zeitung gelesen. Aber ich bin gerade im Zug mit einem gewissen Vernoux de Courçon gereist, der behauptet, ein Freund von dir zu sein.«

»Hubert?«

»Seinen Vornamen weiß ich nicht. Ein Mann von etwa fünfundsechzig Jahren.«

»Ja, das ist Hubert.«

Die Stadt war still. Man hörte nur den Regen an die Scheiben klopfen und hin und wieder das Knistern der Scheite im Kamin. Auch Julien Chabots Vater war Untersuchungsrichter in Fontenay-le-Comte gewesen, und das Arbeitszimmer sah noch genauso aus wie zu dessen Lebzeiten.

»In dem Fall hat man dir gewiss erzählt …«

»Fast nichts. Ein Journalist hat sich im Speisesaal des Hotels mit seiner Kamera auf mich gestürzt.«

»Ein Rothaariger?«

»Ja.«

»Das ist Lomel. Was hat er gesagt?«

»Er war felsenfest davon überzeugt, ich sei hier, um mich mit irgendeinem Fall zu befassen. Als ich es ihm ausreden wollte, erschien schon der Polizeikommissar.«

»Jedenfalls weiß nun die ganze Stadt, dass du hier bist.«

»Ist dir das unangenehm?«

Es gelang Chabot mit knapper Not, sein Zögern zu verbergen. »Nein … nur …«

»Was, nur?«

»Nichts. Das ist ziemlich kompliziert. Du hast nie in einer Kleinstadt wie Fontenay gelebt.«

»Ich habe über ein Jahr in Luçon gelebt, wie du weißt!«

»Aber dort hat es nie so einen Fall gegeben wie den, den ich jetzt am Hals habe.«

»Ich erinnere mich an einen gewissen Mord im Aiguillon …«

»Richtig. Den hatte ich vergessen.«

Es handelte sich um einen Fall, in dessen Verlauf

Maigret einen pensionierten höheren Beamten, der sehr angesehen war, als Mörder verhaften musste.

»Das war dennoch nicht so schwerwiegend. Du wirst es morgen sehen. Es würde mich nicht wundern, wenn Journalisten aus Paris mit dem ersten Zug hier einträfen.«

»Ein Mord?«

»Zwei.«

»Vernoux de Courçons Schwager?«

»Du bist also doch im Bilde!«

»Das ist alles, was man mir erzählt hat.«

»Genau, sein Schwager, Robert de Courçon, ist vor vier Tagen ermordet worden. Das allein hätte genügt, um Staub aufzuwirbeln. Aber vorgestern hat dann auch noch die Witwe Gibon daran glauben müssen.«

»Wer ist das?«

»Niemand von Bedeutung. Im Gegenteil. Eine alte Frau, die ganz allein am Ende der Rue des Loges wohnte.«

»Stehen die beiden Verbrechen in einem Zusammenhang?«

»Sie sind auf dieselbe Art begangen worden, wahrscheinlich mit derselben Waffe.«

»Revolver?«

»Nein. Ein stumpfer Gegenstand, wie es in den Protokollen heißt. Ein Stück Bleirohr oder ein Werkzeug, eine Zange.«

»Das ist alles?«

»Ist das nicht genug? … Pst!«

Geräuschlos öffnete sich die Tür, und eine kleine, sehr magere, schwarz gekleidete Dame kam mit ausgestreckter Hand auf Maigret zu.

»Sie sind es, Jules!«

Wie lange hatte ihn niemand mehr so genannt!

»Als mein Sohn vom Bahnhof zurückgekommen ist, hat er steif und fest behauptet, Sie würden nicht mehr kommen. Daraufhin bin ich hinaufgegangen. Hat man Ihnen kein Abendessen bereitet?«

»Er hat im Hotel gegessen, Maman.«

»Wieso im Hotel?«

»Er ist im Hôtel de France abgestiegen. Er will keinesfalls …«

»Aber das ist ja ganz unmöglich. Nie und nimmer lasse ich zu, dass …«

»Hören Sie, Madame, es ist ungleich ratsamer, dass ich im Hotel bleibe, denn die Journalisten sind mir schon auf den Fersen. Wenn ich Ihre Einladung annehme, würden sie morgen früh, wenn nicht schon heute Abend, bei Ihnen Sturm läuten. Zudem soll doch nicht der Eindruck entstehen, ich sei auf Wunsch Ihres Sohnes hier …«

Im Grunde war es das, was den Richter verdross, und in seinem Gesichtsausdruck fand Maigret es bestätigt.

»Sie werden es trotzdem behaupten!«

»Ich werde es abstreiten. Dieser Fall oder vielmehr

diese beiden Fälle gehen mich nichts an. Ich habe keineswegs die Absicht, mich mit ihnen zu befassen.«

Hatte Chabot gefürchtet, dass er sich in etwas einmischte, das ihn nichts anging? Oder hatte er befürchtet, Maigret könnte ihn mit seinen mitunter sehr eigenwilligen Methoden in eine peinliche Lage bringen?

Der Kommissar hatte sich für seinen Besuch einen schlechten Zeitpunkt ausgesucht.

»Ich frage mich, Maman, ob Maigret nicht recht hat.«

Und zu seinem alten Freund gewandt:

»Weißt du, es handelt sich nicht um irgendwelche Ermittlungen. Robert de Courçon, der Ermordete, war ein sehr bekannter Mann, mehr oder weniger verwandt mit allen großen Familien der Gegend. Sein Schwager Vernoux ist ebenfalls eine bekannte Persönlichkeit. Nach dem ersten Verbrechen sind alle möglichen Gerüchte umgegangen. Als dann die Witwe Gibon ermordet wurde, hat sich der Klatsch in eine etwas andere Richtung entwickelt. Aber …«

»Aber …?«

»Das kann ich dir schwer erklären. Der Polizeikommissar führt die Ermittlungen. Er ist ein kluger Mann, der die Stadt kennt, obwohl er aus dem Süden stammt, aus Arles, glaube ich. Die Kriminalpolizei von Poitiers nimmt sich ebenfalls der Sache an. Und schließlich bin ich …«

Die alte Dame hatte sich, als wäre sie zu Besuch, auf den Rand eines Stuhls gesetzt und lauschte ihrem Sohn wie einer Predigt im Hochamt.

»Zwei Morde in drei Tagen, das ist viel in einer Stadt mit achttausend Einwohnern. Manche Leute bekommen allmählich Angst. Nicht nur weil es regnet, ist heute Abend kein Mensch auf der Straße.«

»Was glauben denn die Leute?«

»Einige behaupten, es sei ein Verrückter.«

»Ist etwas gestohlen worden?«

»Nein. Und in beiden Fällen haben die Opfer dem Mörder anscheinend ohne den geringsten Argwohn die Tür geöffnet. Das ist ein Hinweis. Das ist vielleicht sogar der einzige.«

»Fingerabdrücke?«

»Nicht ein einziger. Wenn es ein Verrückter ist, wird er wahrscheinlich noch weitere Morde begehen.«

»Ich verstehe. Und du, was denkst du?«

»Nichts. Ich grüble. Bin völlig durcheinander.«

»Warum?«

»Das ist alles noch zu verworren, um es zu erklären. Auf meinen Schultern lastet eine furchtbare Verantwortung.«

Er klang wie ein überforderter Beamter. Und es war auch ein Beamter, der Maigret da gegenübersaß, ein in Panik geratener Provinzbeamter, der sich davor fürchtete, den falschen Schritt zu tun.

War der Kommissar mit zunehmendem Alter auch so geworden? Sein Freund löste in ihm das Gefühl aus, alt zu sein.

»Vielleicht sollte ich gleich morgen mit dem ersten Zug nach Paris zurückfahren. Schließlich bin ich ja nur nach Fontenay gekommen, um dich zu besuchen. Das ist geschehen, und meine Anwesenheit hier könnte dir Schwierigkeiten bereiten.«

»Wie meinst du das?«

Chabots erste Reaktion auf Maigrets Worte war kein Protest gewesen.

»Schon der Rothaarige und der Polizeikommissar sind überzeugt, dass du mich zu Hilfe gerufen hast. Man wird sagen, dass du Angst hast und nicht weißt, wie du mit der Sache umgehen sollst, du …«

»Aber nein.«

Der Richter protestierte nur halbherzig:

»Ich denke nicht daran, dich abreisen zu lassen. Ich habe doch wohl das Recht, meine Freunde zu empfangen, wann es mir passt!«

»Mein Sohn hat recht, Jules. Und ich für mein Teil finde, Sie sollten bei uns wohnen.«

»Maigret liebt nun einmal seine Freiheit, nicht wahr?«

»Man pflegt so seine Gewohnheiten.«

»Ich will dich nicht drängen.«

»Es wird trotzdem das Beste sein, wenn ich morgen früh abreise.«

Würde Chabot es hinnehmen? Das Telefon klingelte, aber es klang nicht wie anderswo, sondern irgendwie altersschwach.

»Du erlaubst?«

Chabot nahm den Hörer ab.

»Untersuchungsrichter Chabot am Apparat.«

Die Art, in der er das sagte, war ein weiterer Wink, und Maigret unterdrückte mühsam ein Lächeln.

»Wer? … Ach, ja … Ich höre, Féron … Wie? Gobillard … Wo? An der Ecke des Champ-de-Mars und der … Ich komme sofort … Ja … Er ist hier … Ich weiß nicht … Und niemand rührt etwas an, bis ich vor Ort bin …«

Seine Mutter blickte ihn an, eine Hand auf dem Herzen.

»Wieder einer?«, stammelte sie.

Er nickte.

»Gobillard.«

Dann wandte er sich an Maigret und sagte:

»Ein alter Säufer, den jeder hier kennt. Er hat fast jeden Tag, von früh bis spät, unweit der Brücke geangelt. Man hat ihn soeben tot auf dem Gehsteig aufgefunden.«

»Ermordet?«

»Mit zertrümmertem Schädel, wie die beiden anderen. Wahrscheinlich wurde derselbe Gegenstand verwendet.«

Er stand auf, öffnete die Tür, ging hinaus in den

Flur, nahm einen alten Trenchcoat vom Garderobenständer und einen formlosen Hut, den er wohl nur bei Regen aufsetzte.

»Kommst du mit?«

»Meinst du, ich sollte dich begleiten?«

»Da man nun weiß, dass du hier bist, würde man sich wundern, wenn ich ohne dich käme. Zwei Verbrechen, das ist schon mehr als genug. Aber das dritte wird die Leute in Angst und Schrecken versetzen.«

Als sie hinausgingen, fasste eine kleine sehnige Hand Maigret am Ärmel, und die alte Mutter flüsterte ihm ins Ohr:

»Passen Sie gut auf ihn auf, Jules! Er ist so gewissenhaft, dass er die Gefahr nicht bemerkt.«

2

Der Kaninchenfellhändler

Der Regen ging unaufhörlich und heftig nieder, und der eiskalte Wind heulte, als föchten die Elemente einen grausamen Kampf aus. Schon zuvor, auf dem ungeschützten Bahnsteig von Niort, hatte Maigret, erschöpft von diesem Winter, der in seinen letzten, nicht enden wollenden Zuckungen lag, an ein Tier denken müssen, das in seinem Todeskampf wild um sich beißt.

Es hatte keinen Sinn mehr, sich dagegen schützen zu wollen. Nicht nur vom Himmel strömte das Wasser, auch aus den Dachrinnen fiel es in dicken, kalten Tropfen, rann die Türen der Häuser hinab, die Gehsteige entlang und stürzte wie ein reißender Bach durch die Rinnsteine. Es lief einem ins Gesicht, den Hals hinab, in die Schuhe, sogar bis in die Taschen des Mantels, der gar nicht so schnell trocknen konnte, bis man wieder das Haus verließ.

Vornübergebeugt stemmten sie sich stumm gegen den Wind, der Richter in seinem alten Regenmantel, dessen Schöße wie Fahnen knatterten, und Maigret in seinem tonnenschweren Wintermantel. Nach nur wenigen Schritten erlosch mit einem Zischen die Pfeife des Kommissars.

Hier und sah man Licht in einem Fenster. Hinter der Brücke gingen sie am Café de la Poste vorbei und spürten, wie ihnen die Leute hinter den Gardinen nachsahen. Kaum waren sie ein Stück gegangen, öffnete sich die Tür des Cafés, und sie hörten Schritte und Stimmen.

Der Mord war ganz in der Nähe geschehen. In Fontenay liegt alles nah beieinander, und es lohnt sich kaum, den Wagen aus der Garage zu holen. Zur Rechten verlief eine kurze Straße, die die Rue de la République mit dem Champ-de-Mars verband.

Vor dem dritten oder vierten Haus hatte sich auf dem Gehsteig, im Scheinwerferlicht eines Krankenwagens, eine kleine Menschenmenge gebildet. Einige hielten eine Taschenlampe in der Hand.

Ein kleiner Mann trat aus der Menge auf die beiden zu. Es war Kommissar Féron, der fast den Fehler begangen hätte, sich statt an Chabot zuerst an Maigret zu wenden.

»Ich habe Sie sofort vom Café de la Poste angerufen. Ich habe auch den Staatsanwalt benachrichtigt.«

Eine menschliche Gestalt lag quer über dem Gehsteig. Eine Hand hing über dem Rinnstein, und zwischen den schwarzen Schuhen und dem Hosensaum schimmerte ein Stück bloßer Haut; Gobillard, der Tote, trug keine Strümpfe. Sein Hut lag einen Meter von ihm entfernt. Der Kommissar richtete seine Lampe auf das Gesicht, und als Maigret und der Richter sich gleichzeitig darüberbeugten, blitzte und klickte es, und gleich darauf vernahm man die Stimme des rothaarigen Journalisten.

»Bitte noch eine Aufnahme. Gehen Sie etwas näher heran, Monsieur Maigret.«

Der Kommissar trat brummend einen Schritt zurück. In der Nähe der Leiche standen zwei oder drei Personen, die ihn neugierig betrachteten. Etwa fünf oder sechs Meter entfernt hatte sich eine zweite, größere Menschenmenge versammelt, die sich leise unterhielt.

In amtlichem Ton und zugleich irritiert fragte Chabot:

»Wer hat ihn gefunden?«

Féron deutete auf eine der Gestalten in der Nähe und sagte:

»Doktor Vernoux.«

Gehörte er auch zu der Familie des Mannes aus dem Zug? Soweit es sich im Dunkeln feststellen ließ, war er bedeutend jünger, etwa fünfunddreißig Jahre alt. Er war groß, hatte ein längliches, ausdrucksstarkes Gesicht und trug eine Brille, über deren Gläser Regentropfen perlten.

Chabot und er gaben sich mechanisch die Hand, wie zwei Männer, die sich täglich, ja sogar mehrmals am Tag begegnen. Der Arzt berichtete leise:

»Ich war auf dem Weg zu einem Freund, der auf der anderen Seite des Platzes wohnt. Da habe ich etwas auf dem Gehsteig liegen sehen und mich hinuntergebeugt. Aber er war schon tot. Ich bin auf der Stelle ins Café de la Poste geeilt, um den Kommissar anzurufen.«

Im Schein der Taschenlampen tauchten umgeben von feinen Regenstrichen nach und nach weitere Gesichter auf.

»Ach, Sie auch hier, Jussieux.«

Ein Handschlag. Diese Leute kannten sich untereinander wie Schulkameraden.

»Ich war gerade im Café. Wir haben Bridge gespielt und sind gleich alle zusammen hergeeilt ...«

Der Richter erinnerte sich an Maigret, der abseits stand, und stellte vor:

»Doktor Jussieux, ein Freund von mir. Kommissar Maigret ...«

Jussieux berichtete:

»Die Tat ist auf dieselbe Weise verübt worden wie die beiden anderen. Ein heftiger Schlag auf die Schädeldecke. Diesmal ist die Tatwaffe aber leicht nach links abgeglitten. Gobillard ist ebenfalls von vorn angegriffen worden, kein Versuch der Gegenwehr.«

»Betrunken?«

»Sie brauchen sich nur über ihn zu beugen, dann riechen Sie es. Außerdem, Sie wissen doch selbst, um diese Zeit ...«

Maigret hörte nur halbherzig hin. Lomel, der rothaarige Journalist, der eben eine zweite Aufnahme gemacht hatte, versuchte, ihn beiseitezuziehen. Was genau den Kommissar irritierte, war schwer zu sagen.

Die kleinere der beiden Gruppen, jene, die dicht bei der Leiche stand, schien nur aus Leuten zu bestehen, die einander kannten und zu den Honoratioren des Ortes zählten: der Richter, die beiden Ärzte und die Männer, die wahrscheinlich vorhin mit Doktor Jussieux Bridge gespielt hatten.

Die andere Gruppe, die im Halbschatten stand, war weniger schweigsam. Auch wenn sie es nicht aussprachen, so ging doch eine gewisse Feindseligkeit von ihnen aus. Mehrmals vernahm man sogar leises höhnisches Gelächter.

Ein dunkles Auto hielt hinter dem Krankenwagen, und ein Mann stieg aus. Als er Maigret erkannte, hielt er verblüfft inne.

»Chef?«

Er schien nicht sonderlich entzückt darüber sein, dem Kommissar zu begegnen. Es war Chabiron, ein Inspektor der Kriminalpolizei, der vor einigen Jahren nach Poitiers versetzt worden war.

»Hat man Sie hierherbestellt?«

»Ich bin zufällig hier.«

»Das nennt man wohl ›wie gerufen kommen‹, was?«

Er lachte hämisch.

»Ich war gerade mit meiner Klapperkiste auf Streife, deswegen hat es eine ganze Weile gedauert, bis man mich benachrichtigen konnte. Wer ist es?«

Féron, der Polizeikommissar, berichtete:

»Ein gewisser Gobillard, ein Mann, der ein- oder zweimal wöchentlich durch Fontenay tingelte, um Hasenfelle aufzukaufen. Außerdem hat er im städtischen Schlachthof auch Ochsen- und Hammelfelle aufgekauft. Er besaß einen Karren und ein altes Pferd und wohnte in einer Bruchbude außerhalb der Stadt. Die meiste Zeit verbrachte er in der Nähe der Brücke beim Angeln, mit so abscheulichen Ködern wie Hühnerdärme, geronnenes Blut und dergleichen mehr.«

Chabiron schien selbst Angler zu sein.

»Hat er denn was gefangen?«

»Ja, fast als Einziger. Abends ging er auf Kneipentour und trank überall einen Schoppen Rotwein, bis er voll war.«

»Nie ausfällig geworden?«

»Nein.«

»Verheiratet?«

»Er lebte allein mit seinem Pferd und einer Unmenge Katzen.«

Chabiron fragte Maigret:

»Was denken Sie darüber, Chef?«

»Ich denke überhaupt nichts.«

»Drei in einer Woche, nicht schlecht für ein Nest wie dieses.«

»Was machen wir mit ihm?«, fragte Féron den Richter.

»Ich glaube, es ist nicht notwendig, dass wir auf den Staatsanwalt warten. War er nicht zu Hause?«

»Nein. Seine Frau versucht, ihn telefonisch zu erreichen.«

»Ich glaube, die Leiche kann in die Leichenhalle gebracht werden.«

Er wandte sich an Doktor Vernoux.

»Haben Sie sonst nichts gesehen oder gehört?«

»Nein. Ich bin schnell gegangen, hatte die Hände in den Taschen und bin fast über ihn gestolpert.«

»Ist Ihr Vater zu Hause?«

»Er ist heute Abend aus Niort zurückgekommen. Als ich fortging, aß er gerade zu Abend.«

Soviel Maigret verstanden hatte, war er der Sohn jenes Vernoux de Courçon, mit dem er in dem Bummelzug gereist war.

»Ihr könnt ihn wegbringen.«

Der Journalist heftete sich an Maigrets Fersen.

»Werden Sie sich mit diesem Fall befassen?«

»Bestimmt nicht!«

»Auch nicht privat?«

»Nein.«

»Sind Sie nicht neugierig?«

»Nein.«

»Glauben Sie auch, dass es ein Irrer war?«

Chabot und Doktor Vernoux, die zugehört hatten, blickten sich an. Wieder erweckten sie den Anschein, dass sie zum selben Clan gehören und einander ohne Worte verstanden.

Das ist nicht ungewöhnlich. Das gibt es überall. Dennoch hatte Maigret den inneren Zusammenhalt einer Sippschaft selten so eindrücklich verspürt. Natürlich gibt es in jeder Kleinstadt Honoratioren, die sich umständehalber mehrmals täglich begegnen, und sei es nur auf der Straße. Daneben gibt es die anderen, wie jene zum Beispiel, die in der Gruppe etwas abseits standen und nicht gerade zufrieden wirkten.

Ohne dass der Kommissar ihn etwas gefragt hatte, berichtete ihm Inspektor Chabiron:

»Wir sind zu zweit gekommen. Aber Levras, der mich begleitet hatte, musste heute früh fort, da seine Frau jeden Augenblick ein Baby erwartet. Ich tue mein Möglichstes. Ich gehe die Sache von allen Seiten an. Aber um jene Leute da zum Sprechen zu bringen …«

Es war die erste Gruppe, die der Honoratioren, auf die er mit dem Kinn deutete. Seine Sympathie galt sichtlich der anderen.

»Der Polizeikommissar tut auch sein Möglichstes. Er verfügt aber nur über vier Polizisten. Sie haben den ganzen Tag gearbeitet. Wie viele sind im Augenblick auf Streife, Féron?«

»Drei.«

Wie um diese Worte zu bestätigen, hielt vor dem Bürgersteig ein Polizist auf seinem Fahrrad an und schüttelte sich den Regen von den Schultern.

»Nichts?«

»Ich habe die Personalien von einem halben Dutzend Personen, die mir begegnet sind, aufgenommen. Ich gebe Ihnen die Liste. Sie hatten alle einen stichhaltigen Grund, sich auf der Straße aufzuhalten.«

»Kommst du noch einen Augenblick mit zu mir?«, fragte Chabot.

Maigret zögerte. Wenn, dann nur, weil es ihn danach verlangte, etwas zu trinken, um sich aufzuwärmen. Im Hotel hätte er wohl kaum noch etwas bekommen.

»Ich begleite Sie«, sagte Doktor Vernoux. »Falls es Sie nicht stört.«

»Keineswegs.«

Diesmal hatten sie den Wind im Rücken und konnten sich unterhalten. Der Krankenwagen war mit der Leiche abgefahren, und man sah seine roten Rücklichter in Richtung der Place Viète verschwinden.

»Ich habe euch einander noch gar nicht richtig vorgestellt. Vernoux ist der Sohn von Hubert Vernoux, dem du im Zug begegnet bist. Er hat Medizin studiert, praktiziert aber nicht und interessiert sich vor allem für die Forschung.«

»Forschung«, protestierte der Arzt verhalten.

»Er war zwei Jahre Assistenzarzt im Krankenhaus Sainte-Anne, begeistert sich leidenschaftlich für Psychiatrie und begibt sich zwei- oder dreimal die Woche in die Nervenklinik in Niort.«

»Glauben Sie, dass die drei Verbrechen von einem Geisteskranken begangen worden sind?«, fragte Maigret mehr aus Höflichkeit.

Das, was man soeben erzählt hatte, machte ihm Vernoux nicht eben sympathischer, Maigret mochte keine Amateure.

»Das ist ziemlich wahrscheinlich, wenn nicht sicher.«

»Kennen Sie Geisteskranke in Fontenay?«

»Es gibt überall welche, aber man erkennt sie immer erst, wenn es zu einem Anfall kommt.«

»Eine Frau könnte es wohl nicht gewesen sein?«

»Warum nicht?«

»Weil die Schläge jedes Mal mit großer Wucht versetzt worden sind. Es ist nicht leicht, jemanden mit nur einem Schlag zu töten, und das in drei Fällen.«

»Nun, erstens sind viele Frauen genauso kräftig wie Männer. Und zweitens, wenn es sich um Geisteskranke handelt ...«

Schon waren sie an Chabots Haus angelangt.

»Haben wir noch etwas zu besprechen, Vernoux?«

»Im Augenblick nicht.«

»Sehe ich Sie morgen?«

»Höchstwahrscheinlich.«

Chabot holte den Schlüssel aus seiner Tasche. Im Flur schüttelten sie ihre Mäntel aus und hinterließen überall auf den Fliesen kleine Rinnsale. Die beiden Frauen, die Mutter und das Dienstmädchen, warteten in einem kleinen Salon, der nur gedämpft beleuchtet war und auf die Straße ging.

»Du kannst dich schlafen legen, Maman. Es gibt heute Abend nichts weiter zu tun. Ich muss nur noch die Gendarmerie bitten, alle verfügbaren Männer auf Streife zu schicken.«

Endlich entschloss sie sich dazu hinaufzugehen.

»Ich bin wirklich gekränkt, Jules, dass Sie nicht bei uns wohnen.«

»Ich verspreche Ihnen: Wenn ich länger als einen Tag bleibe, woran ich aber zweifle, werde ich Sie um Ihre Gastfreundschaft bitten.«

Sie traten wieder ein in die Stille des Arbeitszimmers, wo die Cognacflasche noch an ihrem Platz stand. Maigret schenkte sich ein und lehnte sich, mit dem Glas in der Hand, an den Kaminsims.

Er spürte, dass Chabot nicht wohl zumute war und dass er ihn deshalb zu sich gelotst hatte. Zunächst telefonierte der Richter mit der Gendarmerie.

»Sind Sie es, Leutnant? Haben Sie schon geschlafen? Es tut mir sehr leid, dass ich Sie um diese Stunde behelligen muss …«

Eine Uhr mit goldenem Zifferblatt, auf dem die Zeiger nur schwer zu erkennen waren, zeigte halb zwölf.

»Wieder einer, ja … Gobillard … Auf der Straße diesmal … Und von vorn, ja … Man hat ihn schon in die Leichenhalle gebracht … Jussieux wird gerade dabei sein, die Autopsie vorzunehmen, aber sie wird uns wohl kaum neue Erkenntnisse bescheren … Haben Sie ein paar Männer bei der Hand? … Ich glaube, es wäre gut, wenn Sie sie auf Streife durch die Stadt schickten, nicht die ganze Nacht, ab morgen in aller Frühe, um die Bevölkerung zu beruhigen … Verstehen Sie? … Ja … Ich habe das vorhin auch gespürt … Danke, Leutnant.«

Er legte auf und murmelte:

»Ein charmanter Bursche, der in Saumur …« Er schien sich der Bedeutung seiner Worte bewusst zu werden – schon wieder diese Cliquenwirtschaft! –, und er errötete leicht.

»Wie du siehst, tue ich, was ich kann. Dennoch muss es dir naiv erscheinen. Du hast wahrscheinlich den Eindruck, wir schießen mit Holzgewehren. Aber wir verfügen nun einmal nicht über so eine Organisation wie du sie aus Paris kennst. Wegen der Fingerabdrücke zum Beispiel muss ich jedes Mal einen Sachverständigen aus Poitiers kommen lassen. Und so ist es mit allem. Die hiesige Polizei befasst sich vornehmlich mit kleineren Delikten und nicht mit schweren Verbrechen, und die Inspektoren aus Poitiers kennen die Leute von Fontenay nicht …«

Nach einer Pause fuhr er fort:

»Ich hätte weiß Gott etwas darum gegeben, nicht drei Jahre vor meiner Pensionierung noch so einen Fall wie diesen am Hals zu haben. Übrigens, wir sind ja ungefähr gleich alt. In drei Jahren wirst du auch …«

»Ja, ich auch.«

»Hast du schon Pläne?«

»Ich habe mir ein kleines Haus auf dem Land, am Ufer der Loire, gekauft.«

»Du wirst dich da langweilen.«

»Langweilst du dich hier?«

»Das ist nicht dasselbe. Ich bin hier geboren. Mein Vater ist hier geboren. Ich kenne hier jeden.«

»Die Leute scheinen nicht sehr zufrieden zu sein.«

»Du bist kaum da und hast es schon bemerkt? Ja, das stimmt. Aber ich glaube, das war unabwendbar. Ein Verbrechen, das ging ja noch. Zumal das erste.«

»Warum?«

»Weil es Robert de Courçon getroffen hat.«

»War er nicht beliebt?«

Der Richter antwortete nicht gleich. Er suchte offenbar nach den richtigen Worten.

»In Wirklichkeit kannten ihn die Leute kaum, eigentlich nur vom Sehen.«

»War er verheiratet? Hatte er Kinder?«

»Ein alter Junggeselle. Ein Original, aber ein patenter Kerl. Wäre nur er ermordet worden, hätte das die Leute ziemlich gleichgültig gelassen. Das Verbrechen hätte, wie so üblich, eine kleine Welle der Entrüstung ausgelöst, mehr nicht. Aber dann hat es Schlag auf Schlag die alte Gibon und Gobillard getroffen. Ich erwarte morgen ...«

»Es hat schon begonnen.«

»Was?«

»Die Gruppe, die abseits stand, einfache Leute, vermute ich, und jene, die aus dem Café de la Poste gekommen sind, schienen sich eher feindselig gegenüberzustehen ...«

»So eindeutig ist es nicht. Dennoch ...«

»Ist die Stadt politisch links?«

»Ja und nein. Aber das ist es im Grunde auch nicht.«

»Mag man die Vernoux' nicht?«

»Hat man dir das erzählt?«

Um Zeit zu gewinnen, fragte Chabot:

»Warum setzt du dich denn nicht? Noch einen Cognac? Ich will versuchen, es dir zu erklären. Das ist nicht ganz leicht. Du kennst die Vendée, wenn auch nur vom Hörensagen. Lange Zeit waren diejenigen, die von sich reden machten, die Schlossbesitzer, die Grafen, Barone und die kleinen Adeligen. Sie blieben unter sich und bildeten eine geschlossene Gesellschaft. Es gibt sie nach wie vor, aber sie haben fast alle ihr Vermögen verloren und zählen kaum noch etwas. Einige unter ihnen treten weiterhin herrschaftlich auf und ernten mitleidige Blicke. Verstehst du?«

»Das ist überall auf dem Land so.«

»Jetzt haben die anderen ihren Platz eingenommen.«

»Vernoux?«

»Du hast ihn ja gesehen. Nun rate mal, was sein Vater war.«

»Ich habe nicht den blassesten Schimmer. Wie soll ich …«

»Viehhändler. Und der Großvater war Bauernknecht. Vernoux' Vater kaufte in der Gegend Vieh auf und trieb es in Herden über die Straßen nach Paris. Er hat viel Geld verdient. Es war ein widerlicher Kerl, immer halb betrunken. Er ist übrigens im Delirium tremens gestorben. Sein Sohn …«

»Hubert? Der aus dem Zug?«

»Ja. Er ist aufs Gymnasium gegangen und hat, glaube ich, auch ein Jahr studiert. Der Vater hat gegen Ende seines Lebens nicht nur Vieh, sondern auch Bauernhöfe und Grundstücke gekauft, und sein Sohn Hubert hat das Geschäft fortgeführt.«

»Er ist also Grundstücksmakler.«

»Ja. Er hat seine Büros in der Nähe des Bahnhofs, in dem großen Haus aus Quadersteinen, dort hat er vor seiner Hochzeit gewohnt.«

»Hat er eine Dame vom Schloss geheiratet?«

»Teils ja, teils nein. Es war eine Courçon. Interessiert dich das?«

»Natürlich!«

»Du wirst dir dadurch eine genauere Vorstellung von der Stadt machen können. Die Courçons hießen in Wirklichkeit Courçon-Lagrange. Ursprünglich sogar nur Lagrange. Sie haben ihrem Namen das Courçon hinzugefügt, als sie vor drei oder vier Generationen das Schloss Courçon kauften. Ich weiß nicht mehr, womit der Gründer der Dynastie gehandelt hat. Sicherlich auch mit Vieh oder mit altem Eisen.

Aber als Hubert Vernoux auf die Bühne trat, war das längst vergessen. Die Kinder und Enkel arbeiteten nicht mehr. Robert de Courçon, eben jener, der ermordet worden ist, war vom Adel anerkannt und der wappenkundigste Mann der gesamten Region. Er hat zahlreiche Bücher über dieses Thema verfasst. Er hatte zwei Schwestern, Isabelle und Lucile. Isabelle hat Vernoux geheiratet, der sich von da an Vernoux de Courçon nannte. Kannst du mir folgen?«

»Das ist nicht so schwer. Ich nehme an, es war mit den Courçons zum Zeitpunkt der Hochzeit bereits bergab gegangen, und sie hatten kein Geld mehr.«

»So ungefähr. Sie besaßen noch ein hypothekenbelastetes Schloss im Wald von Mervent und das Haus in der Rue Rabelais, das schönste der Stadt. Es sollte mehrmals unter Denkmalschutz gestellt werden. Du wirst es noch sehen.«

»Ist Hubert Vernoux immer noch Makler?«

»Er hat hohe Ausgaben. Lucile, die ältere Schwester seiner Frau, lebt bei ihnen, und sein Sohn Alain, der Arzt, den du gerade kennengelernt hast, weigert sich zu praktizieren und widmet sich stattdessen Forschungen, die nichts einbringen.«

»Verheiratet?«

»Er hat eine Mademoiselle de Cadeuil geheiratet, ein Mädchen von echtem Adel, und sie hat ihm bereits drei Kinder geschenkt. Das jüngste ist acht Monate alt.«

»Leben sie alle bei dem Vater?«

»Das Haus ist groß genug, du wirst dich davon überzeugen können. Aber das ist noch nicht alles. Außer Alain hat Hubert noch eine Tochter, Adeline, die einen gewissen Paillet geheiratet hat. Sie hat ihn in den Ferien in Royan kennengelernt. Was für einen Beruf er hat, weiß ich nicht, aber ich glaube mit einiger Sicherheit, dass Hubert Vernoux für den Unterhalt der Familie aufkommen muss. Sie leben meistens in Paris. Hin und wieder tauchen sie für einige Tage oder Wochen hier auf, was wohl bedeutet, dass sie wieder einmal auf dem Trockenen sitzen. Verstehst du jetzt?«

»Was soll ich verstehen?«

Chabot lächelte melancholisch, ein Lächeln, das Maigret für einen Moment an seinen einstigen Kameraden erinnerte.

»Entschuldige, ich spreche mit dir, als ob du hier zu Hause wärst. Du hast Vernoux gesehen. Er ist der schlimmste Junker weit und breit. Und seine Frau und deren Schwester scheinen es geradezu darauf anzulegen, sich bei den Normalsterblichen unbeliebt zu machen. Sie alle bilden einen Clan.«

»Und dieser Clan verkehrt nur mit wenigen.«

Chabot errötete zum zweiten Mal an diesem Abend.

»Leider«, murmelte er. Es klang, als ob er sich schuldig fühlte.

»Sodass die Vernoux', die Courçons und ihre Freunde in der Stadt in ihrer eigenen Welt leben.«

»Du hast es erraten. Durch meine Stellung stehe ich mit ihnen in Kontakt. Und im Grunde sind sie auch gar nicht so unausstehlich, wie sie scheinen. Hubert Vernoux zum Beispiel ist in Wirklichkeit, möchte ich schwören, ein Mann, der vor Sorge weder ein noch aus weiß. Er ist einmal sehr reich gewesen. Aber er ist es längst nicht mehr in dem Maße, und ich frage mich, ob er es überhaupt noch ist, denn die meisten Bauern sind Hofbesitzer geworden, und der Grundstückshandel ist nicht mehr das, was er einmal war. Die Kosten erdrücken ihn, Hubert muss seine ganze Familie unterhalten. Und Alain, den ich näher kenne, ist von einer fixen Idee besessen.«

»Von welcher?«

»Es ist besser, dass du es weißt. Du wirst dann auch sofort verstehen, warum er und ich vorhin auf der Straße einen besorgten Blick gewechselt haben. Ich habe dir zuvor erzählt, dass Hubert Vernoux' Vater im Delirium tremens gestorben ist. Vonseiten der Mutter, also den Courçons, ist Alain ebenfalls erblich belastet. Der alte Courçon hat sich unter ziemlich mysteriösen Umständen – die man ängstlich geheim gehalten hat – das Leben genommen. Hubert hatte einen Bruder, von dem er nie spricht, der sich mit siebzehn Jahren umgebracht hat. Es scheint, als hätte es in der Familie, wenn man sie weit genug zurückverfolgt, einige Verrückte oder Exzentriker gegeben.«

Maigret hörte zu, wobei er träge an seiner Pfeife zog und bisweilen den Cognac an seine Lippen führte.

»Das ist der Grund, der Alain dazu bewogen hat, Medizin zu studieren und als Assistenzarzt im Sainte-Anne zu arbeiten. Man behauptet ja, und das leuchtet auch ein, dass sich die meisten Mediziner auf die Krankheiten spezialisieren, von denen sie sich selbst bedroht fühlen.

Alain ist von der fixen Idee besessen, dass er einer Familie von Geisteskranken angehört. Er ist der Ansicht, seine Tante Lucile sei halb verrückt. Er hat es mir nicht gesagt, aber ich bin fest davon überzeugt, dass er nicht nur seinen Vater und seine Mutter, sondern auch seine eigenen Kinder heimlich beobachtet.«

»Weiß man in der Gegend davon?«

»Manche reden darüber. In Kleinstädten wird ja immer viel geredet und besonders argwöhnisch über Leute, die nicht so leben wie alle anderen.«

»Hat man vor allem nach dem ersten Verbrechen darüber gesprochen?«

Chabot zögerte nur eine Sekunde und nickte.

»Warum?«

»Weil man wusste oder zu wissen glaubte, dass Hubert Vernoux und sein Schwager sich nicht verstanden. Vielleicht auch deshalb, weil sie einander genau gegenüber wohnten.«

»Verkehrten sie miteinander?«

Chabot lächelte verkniffen.

»Was du nur von uns denken wirst! In Paris wird es wohl kaum vergleichbare Situationen geben.«

Der Untersuchungsrichter schämte sich im Grunde für ein Milieu, das auch ein wenig seines war, weil er jahraus, jahrein darin lebte.

»Ich habe dir schon gesagt, dass die Courçons völlig verarmt waren, als Isabelle Hubert Vernoux heiratete. Hubert hat seinem Schwager Robert eine Rente ausgesetzt. Und Robert hat ihm das nie verziehen. Wenn er von ihm sprach, sagte er ironisch: ›Mein Schwager, der Millionär.‹ Oder: ›Ich werde den reichen Mann bitten.‹

Er setzte keinen Fuß in das große Haus in der Rue Rabelais, konnte aber von seinen Fenstern aus beobachten, wer dort ein und aus ging. Er wohnte gegenüber, in einem kleineren, aber ordentlichen Haus. Jeden Morgen kam eine Putzfrau. Seine Schuhe putzte er selbst und bereitete sich auch sein Essen selbst zu. Demonstrativ erledigte er seine Einkäufe, gekleidet wie ein Schlossherr, der seine Felder inspiziert, und brachte die Porree- oder Spargelbündel wie Trophäen heim. Er glaubte wohl, Hubert damit zu provozieren.«

»Und ist es ihm gelungen?«

»Das weiß ich nicht. Möglich. Hubert unterstützte ihn trotzdem weiterhin. Man sah sie öfter auf der Straße ein paar süßlich-saure Worte wechseln. Und dass Robert de Courçon nie die Vorhänge zuzog, sodass ihn die Familie gegenüber vom Morgen bis zum Abend beobachten konnte, ist keinesfalls erfunden. Man behauptet, er habe ihnen manchmal die Zunge herausgestreckt.

Und von da bis zu der Behauptung, Vernoux habe sich seiner entledigen wollen oder ihn in einem Anfall von Wut umgebracht …«

»Hat man das behauptet?«

»Ja.«

»Hast du auch daran gedacht?«

»Von Berufs wegen weise ich keine Hypothese *a priori* zurück.«

Maigret konnte sein Lächeln über diese gespreizte Ausdrucksweise kaum zurückhalten.

»Hast du Vernoux verhört?«

»Ich habe ihn nicht vorgeladen, falls du das meinst. Es gab trotz allem nicht genug Indizien, um einen Mann wie ihn zu verdächtigen.«

Er hatte gesagt, *einen Mann wie ihn* … Und er spürte, dass er sich verraten und damit gleichsam zugegeben hatte, mehr oder weniger der Sippschaft anzugehören. Dieser Abend und Maigrets Besuch mussten eine Qual für ihn sein. Auch für den Kommissar war es kein Vergnügen, obwohl er im Augenblick nicht mehr das Verlangen hatte abzureisen.

»Ich bin ihm wie jeden Morgen auf der Straße begegnet und habe ihm gewissermaßen nebenbei ein paar Fragen gestellt.«

»Was hat er gesagt?«

»Dass er an dem Abend seine Wohnung nicht verlassen habe.«

»Wann ist das Verbrechen verübt worden?«

»Das erste? Etwa um die gleiche Zeit wie heute, gegen zehn Uhr abends.«

»Was tun die Vernoux' gewöhnlich um die Zeit?«

»Außer beim Bridge am Samstagabend, zu dem sich alle im Salon zusammenfinden, lebt jeder sein eigenes Leben, ohne sich um die anderen zu kümmern.«

»Schläft Vernoux nicht mit seiner Frau in einem Zimmer?«

»Das würde er kleinbürgerlich finden. Sie wohnen jeder für sich in verschiedenen Stockwerken. Isabelle im ersten und Hubert im Erdgeschoss, in dem

Flügel, der auf den Hof hinausgeht. Alains Familie bewohnt den zweiten Stock, und die Tante, Lucile, zwei Mansardenzimmer im dritten. Wenn die Tochter und ihr Mann da sind …«

»Sind sie zurzeit da?«

»Nein, sie werden in einigen Tagen erwartet.«

»Dienstpersonal?«

»Ein Ehepaar, das schon seit zwanzig oder dreißig Jahren bei ihnen ist, und zwei ziemlich junge Hausmädchen.«

»Wo schlafen sie?«

»Im anderen Flügel des Erdgeschosses. Du wirst das Haus noch sehen. Es ist beinahe ein Schloss.«

»Mit einem Hinterausgang?«

»In der Hofmauer ist eine Tür, die auf eine Gasse hinausführt.«

»Sodass jeder unbeobachtet hinein- oder hinausgehen kann?«

»Wahrscheinlich.«

»Hast du es nicht überprüft?«

Chabot saß wie auf glühenden Kohlen, und weil er sich schuldig fühlte, erhob er die Stimme und sagte beinahe wütend:

»Du redest wie manche von den Leuten hier. Wenn ich das Personal ohne Beweise, ja ohne den geringsten Hinweis verhört hätte, wäre die ganze Stadt davon überzeugt gewesen, Hubert Vernoux oder sein Sohn seien schuldig.«

»Sein Sohn?«

»Natürlich! Denn da er nicht praktiziert und sich mit Psychiatrie befasst, halten ihn manche für verrückt. Er verkehrt nicht in den beiden Cafés am Ort, spielt weder Billard noch Karten, läuft den Mädchen nicht nach und bleibt manchmal auf der Straße plötzlich stehen, um jemanden durch seine dicken Brillengläser zu betrachten. Man bringt ihnen genug Hass entgegen, um …«

»Verteidigst du sie?«

»Nein. Aber ich will, dass die Leute Ruhe bewahren, und das ist in einer Kleinstadt nicht immer leicht. Ich versuche, gerecht zu sein. Bei dem ersten Verbrechen habe ich auch gedacht, es würde sich um eine Familienangelegenheit handeln. Ich habe den Fall aus jeder Perspektive betrachtet. Die Tatsache, dass bei dem Mord nichts gestohlen wurde und dass Robert de Courçon nicht versucht hat, sich zu verteidigen, hat mich beunruhigt, und ich hätte bestimmt gewisse Maßnahmen getroffen, wenn …«

»Moment. Hast du Hubert Vernoux und seinen Sohn nicht von der Polizei überwachen lassen?«

»In Paris lässt sich das machen, aber hier nicht. Unsere vier unseligen Polizisten sind stadtbekannt. Und die Inspektoren aus Poitiers hatte man bereits aufgespürt, als sie noch nicht aus dem Wagen gestiegen waren. Es kommt selten vor, dass mehr als zehn Personen zugleich auf der Straße sind. Wie willst du unter diesen Umständen jemanden beschatten lassen, ohne dass er es bemerkt?«

Dann beruhigte er sich.

»Entschuldige. Ich spreche so laut, dass ich meine Mutter noch aufwecken werde. Ich wollte dir nur meine Lage begreiflich machen. Bis sich das Gegenteil beweisen lässt, sind die Vernoux' unschuldig. Ich könnte schwören, dass sie es sind. Das zweite Verbrechen, zwei Tage nach dem ersten, liefert beinahe den Beweis. Hubert Vernoux hätte sich dazu hinreißen lassen mögen, seinen Schwager zu töten, ihn im Zorn niederzuschlagen. Er hatte jedoch keinen Grund, sich bis ans Ende der Rue des Loges zu begeben, um die Witwe Gibon zu ermorden, die er wahrscheinlich überhaupt nicht kannte.«

»Wer ist sie?«

»Eine ehemalige Hebamme. Ihr schon längst verstorbener Mann war Polizist. Sie lebte allein, schon sehr hinfällig, in einem Haus mit drei Zimmern.

Ja, und nicht nur die alte Gibon ist umgebracht worden, sondern heute Abend nun auch noch Gobillard. Ihn kannten die Vernoux', wie ihn ganz Fontenay kannte. In jeder französischen Kleinstadt gibt es mindestens einen Säufer wie ihn, der irgendwann zum Stadtbild gehört.

Wenn du mir auch nur einen Grund nennen kannst, aus dem man so jemanden ermordet …«

»Nimm einmal an, er hat etwas gesehen.«

»Und die Witwe Gibon, die überhaupt nicht mehr aus dem Haus ging? Sollte sie auch etwas gesehen haben? Sie müsste dann ja nach zehn Uhr abends durch die Rue Rabelais gekommen sein und den Mord durch die Fenster beobachtet haben! Nein, weißt du, ich kenne die kriminalistischen Untersuchungsmethoden. Ich habe zwar nicht am Kongress in Bordeaux teilgenommen und bin vielleicht nicht auf dem neuesten Stand der wissenschaftlichen Erkenntnisse, aber ich denke, dass ich mein Handwerk verstehe und gewissenhaft ausübe. Die drei Opfer gehören völlig unterschiedlichen Kreisen an und standen in keinerlei Beziehung zueinander. Alle drei sind sie auf dieselbe Art getötet worden und, nach den Verletzungen zu urteilen, mit demselben Gegenstand. Alle sind sie zudem von vorn angegriffen worden, was vermuten lässt, dass sie ahnungslos waren. Wenn es sich um einen Geisteskranken handelt, dann nicht um einen, der wild gestikuliert und herumtobt. Um so einen hätte jeder einen Bogen gemacht. Es muss also jemand sein, der weiß, was er tut, der bestimmten Prinzipien folgt und klug genug ist, Vorsichtsmaßnahmen zu treffen.«

»Alain Vernoux hat keine überzeugende Erklärung dafür, warum er sich heute Abend bei dem strömenden Regen draußen aufhielt.«

»Er hat gesagt, er sei auf dem Weg zu einem Freund

gewesen, der am anderen Ende des Champ-de-Mars wohne.«

»Er hat aber keinen Namen genannt.«

»Weil das überflüssig war. Ich weiß, dass er häufig einen gewissen Georges Vassal besucht, einen Junggesellen, den er noch aus der Schule kennt. Aber selbst wenn ich das nicht so genau gewusst hätte, wäre ich nicht sonderlich überrascht gewesen.«

»Warum nicht?«

»Weil der Fall ihn aus persönlichen Gründen noch leidenschaftlicher interessiert als mich. Ich will nicht behaupten, dass er seinen Vater verdächtigt, aber ich bin nicht weit davon entfernt. Vor einigen Wochen hat er mit mir über sich selbst und die familiären Vorbelastungen gesprochen …«

»Einfach so, ganz unvermittelt?«

»Nein. Er kam gerade aus La Roche-sur-Yon und erzählte mir von einem Fall, den er studiert hatte. Es handelte sich um einen Mann über sechzig, der sich bis dahin ganz normal verhalten hatte und an dem Tag, da er seiner Tochter die ihr zugesicherte Mitgift auszahlen musste, wahnsinnig geworden war. Man hat es nicht sofort bemerkt.«

»Mit anderen Worten, Alain Vernoux sollte in der Nacht auf der Suche nach dem Mörder durch Fontenay geirrt sein?«

Der Untersuchungsrichter war von Neuem aufgebracht.

»Ich nehme an, er ist qualifizierter dafür, einen Wahnsinnigen auf der Straße zu erkennen, als unsere braven Polizisten, die die Stadt durchstreifen, oder du und ich.«

Maigret antwortete nicht. Es war bereits nach Mitternacht.

»Willst du wirklich nicht hier übernachten?«

»Mein Gepäck ist im Hotel.«

»Sehen wir uns morgen früh?«

»Natürlich.«

»Ich werde im Gericht sein. Weißt du, wo das ist?«

»In der Rue Rabelais?«

»Ja, ein Stück weiter als das Haus der Vernoux'. Zuerst sieht man die vergitterten Gefängnisfenster, dann einen unansehnlichen Bau. Mein Büro befindet sich hinten im Flur, gleich neben dem des Staatsanwalts.«

»Gute Nacht, mein Bester.«

»Ich habe dir einen schlechten Empfang bereitet.«

»Aber was redest du, ganz und gar nicht!«

»Du musst meine innere Verfassung berücksichtigen. So ein Fall wie dieser kann mir die ganze Stadt auf den Hals hetzen.«

»Weiß Gott!«

»Machst du dich über mich lustig?«

»Aber nein, nicht die Spur.«

Und das entsprach der Wahrheit. Maigret war eher traurig, wie immer, wenn einem ein Stück Vergangenheit entgleitet. Als er im Flur seinen durchnässten Mantel anzog, sog er den Duft des Hauses ein, der ihm immer so delikat erschienen war, jetzt aber fade vorkam. Chabot hatte fast all seine Haare verloren, wodurch sein spitzer Schädel zum Vorschein kam, der an den eines Vogels erinnerte.

»Ich begleite dich …«

Er hatte keine Lust dazu, sondern sagte es nur aus Höflichkeit.

»Auf keinen Fall!«

Um irgendetwas zu sagen und einen heiteren Schlusspunkt zu setzen, machte Maigret noch einen nicht gerade geistreichen Scherz:

»Ich kann schwimmen!«

Schon schlug er den Kragen seines Mantels hoch und warf sich in den peitschenden Regen. Julien Chabot blieb noch eine Weile auf der Schwelle stehen, in einem Viereck aus gelblichem Licht. Dann schloss sich die Tür, und Maigret hatte das Gefühl, der Einzige auf den Straßen dieser Stadt zu sein.

3

Der Lehrer, der nicht schlief

Der Anblick der Straßen war im Morgenlicht deprimierender als in der Nacht, denn der Regen hatte alles verschmutzt und an den farbigen Fassaden dunkle, hässliche Spuren hinterlassen. Dicke Tropfen fielen noch immer von Dachrinnen und Stromleitungen, und hin und wieder auch vom Himmel, der unheilvoll wirkte und den Anschein erweckte, als sammelte er Kraft, um sich mit dramatischer Wucht erneut zu entladen.

Maigret war spät aufgestanden, hatte aber keine Lust gehabt, zum Frühstück hinunterzugehen. Er war verstimmt und ohne Appetit, es verlangte ihn nur nach zwei oder drei Tassen schwarzem Kaffee. Trotz Chabots Cognac glaubte er noch den allzu süßen Weißwein zu schmecken, den er in Bordeaux gekippt hatte.

Er drückte auf eine kleine birnenförmige Klingel, die am Kopfende des Betts hing. Das Zimmermädchen in schwarzem Kleid und weißer Schürze, das herbeieilte, blickte ihn so seltsam an, dass er sich unwillkürlich vergewisserte, ob mit seiner Kleidung alles in Ordnung war.

»Wollen Sie wirklich keine frischen Croissants? Ein Mann wie Sie muss doch morgens etwas essen.«

»Nur Kaffee, Mademoiselle. Eine riesige Kanne Kaffee.«

Sie bemerkte den Anzug, den der Kommissar zum Trocknen auf die Heizung gelegt hatte, und griff danach.

»Was wollen Sie damit?«

»Ich will ihn ein bisschen aufbügeln.«

»Nein, danke, das ist nicht nötig.«

Sie nahm ihn trotzdem mit.

So wie sie aussah, hätte er schwören können, dass sie sonst eher mürrisch war.

Während er sich wusch und anzog, störte sie ihn zweimal: einmal, um nachzusehen, ob er Seife hatte, das zweite Mal, um ihm eine weitere Kanne Kaffee zu bringen, die er nicht bestellt hatte. Dann erschien sie mit dem trockenen und gebügelten Anzug. Sie war mager, hatte eine flache Brust, wirkte nicht sehr gesund, schien aber hart wie Stahl zu sein.

Er nahm an, sie habe seinen Namen auf dem Anmeldeformular am Empfang gelesen und interessiere sich leidenschaftlich für die Lokalnachrichten.

Es war halb zehn. Er ließ es langsam angehen, wie aus Protest gegen irgendetwas, was er schwer in Worte fassen konnte und als eine Art Verschwörung des Schicksals betrachtete. Als er die Treppe mit dem roten Läufer hinunterging, kam ihm ein Hotelangestellter entgegen und begrüßte ihn mit einem respektvollen »Guten Morgen, Monsieur Maigret«.

Er begriff, als er auf einem Tischchen in der Halle den *Ouest-Eclair* liegen sah. Auf der Titelseite prangte sein Foto.

Es war das Foto, das in dem Augenblick aufgenommen worden war, als er sich über Gobillards Leiche beugte. Die beiden Schlagzeilen liefen über drei Spalten und lauteten:

Kommissar Maigret untersucht
die Verbrechen von Fontenay.
Das dritte Opfer ist ein
Kaninchenfellhändler.

Noch bevor er den Artikel überfliegen konnte, kam der Hoteldirektor mit der gleichen Beflissenheit wie zuvor das Dienstmädchen auf ihn zu.

»Ich hoffe, Sie haben gut geschlafen und Nummer siebzehn hat Sie nicht zu sehr gestört.«

»Wer ist Nummer siebzehn?«

»Ein Handelsreisender, der gestern Abend zu viel getrunken und Lärm gemacht hat. Wir haben ihm schließlich ein anderes Zimmer gegeben, damit er Sie nicht weckt.«

Maigret hatte nichts gehört.

»Übrigens, Lomel, der Journalist des *Ouest-Eclair*, war heute früh hier, um Sie zu sprechen. Als ich ihm sagte, dass Sie noch schliefen, hat er erwidert, es eile nicht und er werde Sie nachher im Gerichtsgebäude sehen. Es ist auch ein Brief für Sie gekommen.«

Ein billiger Umschlag, wie man ihn in Sechserpackungen in sechs verschiedenen Farben im Laden um die Ecke bekommt. Dieser war grünlich. Als Maigret ihn öffnete, bemerkte er, dass draußen ein halbes Dutzend Menschen zwischen den aus Kübeln ragenden Palmen stand und die Nasen an die Glastür presste.

Lasen si sich nichts fohrmachen von die feine Leute.

Die Leute auf dem Bürgersteig, darunter zwei Marktfrauen, traten zur Seite, um ihn durchzulassen. Sie musterten ihn auf eine vertrauensvolle und freundschaftliche Weise. Weniger aus Neugier oder weil er berühmt war. Vielmehr schienen sie auf ihn zu bauen. Eine der Frauen sagte, ohne dass sie sich traute, an ihn heranzutreten:

»Sie werden ihn finden, Monsieur Maigret!«

Und ein junger Mann, der wie ein Laufbursche aussah, ging auf dem Gehsteig gegenüber mit ihm im Gleichschritt, um ihn besser sehen zu können. Vor den Haustüren redeten die Frauen über das letzte Verbrechen und verstummten, um ihm hinterherzuschauen. Eine Gruppe kam aus dem Café de la Poste, und auch in ihren Blicken las er Sympathie. Als wollten sie ihn ermutigen.

Maigret kam am Haus des Richters Chabot vorbei, wo Rose gerade aus einem Fenster im ersten Stock Staubtücher ausschüttelte. Er blieb nicht stehen, sondern überquerte die Place Viète und ging dann die Rue Rabelais hinauf, in der sich zur Linken ein herrschaftliches Haus mit einem Wappen im Giebel befand. Es musste das der Vernoux' sein. Hinter den geschlossenen Fenstern war alles still. Das kleine, ebenfalls alte Haus gegenüber mit den geschlossenen Läden war wahrscheinlich das, in dem Robert de Courçon sein einsames Leben beendet hatte.

Hin und wieder kam ein feuchter Windstoß auf. Tief am Himmel, der wie aus mattem Glas erschien, segelten dunkle Wolken, und aus ihren zerklüfteten Rändern fielen dicke Tropfen. Die nassen Gitter des Gefängnisses wirkten noch schwärzer als sonst. Ein Dutzend Menschen stand vor dem schmucklosen Gerichtsgebäude, das nicht einmal so groß war wie das Haus der Vernoux', immerhin aber eine Säulenvorhalle und eine kleine Freitreppe hatte.

Lomel, der seine beiden Fotoapparate immer noch über der Schulter hängen hatte, stürzte als Erster auf ihn zu, und weder in seinem Milchgesicht noch in seinen blassblauen Augen zeigte sich die leiseste Spur von Skrupel.

»Würden Sie mir Ihre Eindrücke anvertrauen, bevor Sie sie an die Pariser Kollegen weitergeben?«

Als Maigret mürrisch auf die Zeitung deutete, die aus seiner Tasche herausragte, lächelte Lomel:

»Sind Sie mir böse?«

»Ich dachte, ich hätte Ihnen gesagt …«

»Hören Sie, Monsieur Maigret. Das ist nun einmal mein Beruf. Ich wusste doch, dass Sie sich schließlich mit dem Fall befassen würden. Ich habe den Ereignissen nur um ein paar Stunden vorgegriffen …«

»Beim nächsten Mal greifen Sie den Ereignissen bitte nicht vor!«

»Möchten Sie zu Richter Chabot?«

In der Gruppe befanden sich bereits zwei oder drei Reporter aus Paris, und er hatte Mühe, sie abzuwimmeln. Auch Schaulustige waren darunter, die fest dazu entschlossen schienen, den ganzen Tag vor dem Gericht auszuharren.

Die Flure waren dunkel. Lomel gab sich als Führer und zeigte ihm den Weg.

»Hier. Für uns ist das viel wichtiger als für die Pariser Blätter. Sie müssen das verstehen!

Er ist schon seit acht Uhr in seinem Büro. Der Staatsanwalt ist auch da. Gestern Abend, als man ihn vergeblich suchte, hatte er mit seinem Wagen einen kleinen Abstecher nach La Rochelle gemacht. Kennen Sie den Staatsanwalt?«

Maigret, der geklopft hatte, worauf ein »Herein«

ertönte, öffnete die Tür, schloss sie hinter sich und ließ den rothaarigen Reporter im Flur stehen.

Julien Chabot war nicht allein. Doktor Alain Vernoux saß ihm in einem Sessel gegenüber und erhob sich, um den Kommissar zu begrüßen.

»Gut geschlafen?«, fragte der Richter.

»Ganz gut.«

»Ich habe mir Vorwürfe gemacht, weil ich gestern ein so schlechter Gastgeber gewesen bin. Alain Vernoux kennst du ja bereits. Er ist nur kurz vorbeigekommen.«

Das stimmte nicht. Maigret hätte schwören können, dass ihn der Psychiater erwartet hatte und diese Unterredung zwischen den beiden Männern vielleicht sogar abgesprochen war.

Alain hatte seinen Mantel ausgezogen. Er trug einen schlecht geschnittenen Anzug aus grobem Wollstoff, der es sehr nötig gehabt hätte, aufgebügelt zu werden. Seine Krawatte war nachlässig gebunden, und unter seiner Weste lugte ein gelber Pullover hervor. Die Schuhe waren nicht geputzt. Dennoch gehörte er ohne Zweifel derselben Klasse an wie sein Vater, der auf sein Äußeres so sehr bedacht war.

Warum stimmte das Maigret nachdenklich? Der eine war übermäßig gepflegt, wie aus dem Ei gepellt. Der andere dagegen gefiel sich in einer Nachlässigkeit, die sich kein Bankbeamter, kein Studienrat oder Handelsreisender hätte leisten können. Trotzdem waren Anzüge aus diesem Stoff nur bei sehr exklusiven Schneidern in Paris, allenfalls noch in Bordeaux zu finden. Es entstand ein ziemlich peinliches Schweigen. Maigret, der nichts unternahm, um den beiden Männern zu helfen, stellte sich breitbeinig vor das dürftige Feuer im Kamin, auf dessen Sims die gleiche schwarze Marmoruhr stand wie in seinem Büro am Quai des Orfèvres. Die Verwaltung musste sie einst zu Hunderten, wenn nicht zu Tausenden bestellt haben. Vielleicht gingen sie alle zwölf Minuten nach wie die von Maigret.

»Alain hat mir eben ein paar interessante Dinge erzählt«, murmelte Chabot endlich, wobei er das Kinn auf die Hand stützte, eine Pose, die einem Untersuchungsrichter überaus entsprach.

»Wir haben uns über kriminellen Wahnsinn unterhalten …«

Vernoux unterbrach ihn.

»Ich habe nicht behauptet, dass die drei Verbrechen das Werk eines Irren sind. Ich habe gesagt, *wenn sie das Werk eines Irren wären …*«

»Das läuft auf dasselbe hinaus.«

»Nicht ganz.«

»Nehmen wir an, *ich* hätte gesagt, alles deute darauf hin, dass wir es hier mit einem Geisteskranken zu tun haben.«

Und an Maigret gewandt:

»Wir haben gestern Abend darüber gesprochen,

du und ich. Das fehlende Motiv in allen drei Fällen. Dieselbe Vorgehensweise …«

Und zu Vernoux:

»Wiederholen Sie doch bitte dem Kommissar, was Sie mir dargelegt haben.«

»Ich bin kein Experte. Und auf diesem Gebiet sogar nur ein Laie. Es ist lediglich eine Idee, die ich weiterverfolgt habe. Die meisten Menschen stellen sich vor, dass Verrückte sich stets verrückt verhalten, soll heißen, ohne erkennbare Logik und nachvollziehbare Zusammenhänge. Aber in Wirklichkeit ist es oft das Gegenteil. Sie haben ihre eigene Logik. Die Schwierigkeit besteht darin, diese Logik aufzuspüren.«

Maigret blickte ihn stumm an mit seinen großen, wie an jedem Morgen leicht geschwollenen Augen. Er bedauerte, unterwegs nicht irgendwo eingekehrt zu sein, um einen Schnaps für seinen Magen zu trinken.

Dieses kleine Büro, durch das die Rauchwolken seiner Pfeife schwebten und in dem die kurzen Flammen der Holzscheite im Kamin zuckten, kam ihm ein wenig unwirklich vor. Und die beiden Männer, die über den Wahnsinn diskutierten, wobei sie verstohlen zu ihm hinblickten, erschienen ihm beinahe wie Wachsfiguren. Auch sie standen nicht im wahren Leben. Sie führten Gesten aus und sprachen, wie sie es gelernt hatten.

Was konnte ein Chabot von dem wissen, was da draußen vor sich ging? Ganz zu schweigen von dem, was sich im Kopf eines Mörders abspielte?

»Und genau diese Logik versuche ich seit dem ersten Mord zu verstehen.«

Seit dem ersten Mord?

»Sagen wir, seit dem zweiten. Dennoch habe ich schon bei dem ersten Verbrechen, dem Mord an meinem Onkel, an die Tat eines Geisteskranken gedacht.«

»Haben Sie sie verstanden?«

»Noch nicht. Ich habe mir nur einige Punkte notiert, die einen Hinweis liefern könnten.«

»Zum Beispiel?«

»Zum Beispiel, dass er von vorn zuschlägt. Ich kann meine Idee schwer in einfache Worte fassen. Ein Mann, der tötet, um zu töten, das heißt, um einen anderen Menschen zu vernichten, und der zugleich nicht gefasst werden will, würde die sicherste Methode wählen. Nun will dieser Mörder bestimmt nicht gefasst werden. Denn er war darauf bedacht, keine Spuren zu hinterlassen. Können Sie mir folgen?«

»Bis jetzt war es nicht allzu kompliziert.«

Vernoux runzelte die Stirn. Er spürte die Ironie in Maigrets Stimme. Im Grunde war er vermutlich ein schüchterner Mensch. Er blickte den Leuten nicht in die Augen, sondern musterte sie verstohlen im

Schutz seiner dicken Brillengläser und fixierte dann irgendeinen Punkt im Raum.

»Stimmen Sie zu, dass er alles tut, um nicht gefasst zu werden?«

»Es sieht so aus.«

»Dennoch überfällt er drei Menschen in einer Woche, und jedes Mal hat er Erfolg.«

»So ist es.«

»In allen drei Fällen hätte er von hinten zuschlagen können, was das Risiko verringert hätte, dass das Opfer zu schreien beginnt.«

»Da selbst ein Wahnsinniger nichts ohne Grund tut, schließe ich daraus, dass der Mörder das Verlangen hat, entweder das Schicksal oder seine Opfer zu verhöhnen. Manche Menschen brauchen das, um sich ihrer selbst zu vergewissern, sei es durch ein einziges Verbrechen oder durch eine ganze Serie. Manchmal wollen sie sich damit ihre Macht oder ihre Bedeutung oder ihren Mut beweisen. Andere wiederum glauben, sich an ihresgleichen rächen zu müssen.«

»Unser Täter hat bis jetzt nur Schwache überfallen. Robert de Courçon war ein alter Mann von dreiundsiebzig Jahren, die Witwe Gibon war körperlich hinfällig, und Gobillard war in dem Augenblick, als man ihn niederschlug, sturzbetrunken.«

Diesmal hatte der Richter gesprochen. Er hielt immer noch das Kinn in die Hand gestützt und war offensichtlich mit sich zufrieden.

»Daran habe ich auch gedacht. Vielleicht ist es ein Zeichen, vielleicht aber auch nur ein Zufall. Ich möchte herausfinden, nach welcher Logik der Unbekannte vorgeht. Wenn wir seine Logik durchschaut haben, sind wir nicht weit davon entfernt, ihn zu fassen.«

Er sagte »wir«, als wäre er ganz selbstverständlich an den Nachforschungen beteiligt, und Chabot störte sich nicht daran.

»Waren Sie deshalb gestern Abend auf der Straße?«, fragte der Kommissar.

Alain Vernoux zuckte zusammen und errötete leicht.

»Ja und nein. Ich war auf dem Weg zu einem Freund, aber ich muss zugeben, dass ich seit drei Tagen so oft wie möglich draußen herumlaufe und das Verhalten der Passanten beobachte. Die Stadt ist nicht groß. Es ist nicht sehr wahrscheinlich, dass sich der Mörder in seiner Wohnung vergräbt. Er wird wie alle durch die Stadt spazieren und in dieser oder jener Bar ein Gläschen trinken.«

»Glauben Sie, Sie würden ihn erkennen, wenn Sie ihm begegneten?«

»Das ist durchaus möglich.«

»Ich glaube, Alain kann uns sehr nützlich sein«, murmelte Chabot mit einem Anflug von Verlegenheit. »Was er uns gesagt hat, erscheint mir sehr plausibel.«

Der Arzt erhob sich, und im selben Augenblick hörte man Geräusche auf dem Flur. Gleich darauf klopfte es an der Tür, und Inspektor Chabiron steckte den Kopf herein.

»Ach, Sie sind nicht allein?«, fragte er und richtete seinen Blick nicht etwa auf Maigret, sondern auf Vernoux, dessen Anwesenheit ihm zu missfallen schien.

»Was gibt es, Inspektor?«

»Ich habe hier jemanden, und ich hätte gern, dass Sie ihn vernehmen.«

»Ich gehe«, sagte der Arzt.

Keiner hielt ihn zurück. Während er das Büro verließ, sagte Chabiron leicht verbittert zu Maigret:

»Nun, Chef, Sie scheinen sich ja doch mit dem Fall zu befassen.«

»Das behauptet die Zeitung.«

»Vielleicht werden die Ermittlungen nicht lange dauern. Es könnte sein, dass sie schon in wenigen Minuten abgeschlossen sind. Kann ich meinen Zeugen hereinführen, Herr Richter?«

Und er rief in den dunklen Flur:

»Komm her! Hab keine Angst!«

Eine Stimme antwortete:

»Ich habe keine Angst.«

Ein kleiner, magerer Mann, dunkelblau gekleidet, mit blassem Gesicht und glühenden Augen trat ein.

Chabiron stellte ihn vor:

»Emile Chalus, Lehrer an der Knabenschule. Setz dich, Chalus.«

Chabiron war einer jener Polizeibeamten, die jeden, ob Täter oder Zeuge, duzen, weil sie glauben, sie damit einzuschüchtern.

»Heute Nacht«, erklärte er, »habe ich begonnen, die Bewohner der Straße, in der Gobillard ermordet worden ist, zu verhören. Mancher hält es vielleicht für reine Routine …«

Er warf Maigret einen Blick zu, als wäre der Kommissar ein erklärter Gegner jeglicher Routine.

»… aber manchmal hat auch die Routine ihr Gutes. Die Straße ist nicht lang. Heute in aller Frühe habe ich sie weiter durchkämmt. Emile Chalus wohnt dreißig Meter von dem Tatort entfernt, im zweiten Stock eines Hauses, in dessen erstem Stock und Erdgeschoss sich Büros befinden. Erzähl, Chalus.«

Dieser hatte ein dringendes Bedürfnis zu sprechen, obwohl er offensichtlich keine Sympathie für den Richter empfand. Er wandte sich Maigret zu.

»Ich habe auf dem Gehsteig ein Geräusch gehört, als ob jemand mit den Füßen auf den Boden stampfte.«

»Wann war das?«

»Kurz nach zehn Uhr abends.«

»Und dann?«

»Die Schritte entfernten sich.«

»In welche Richtung?«

Der Untersuchungsrichter stellte die Fragen, wobei er Maigret jedes Mal ansah, als ob er ihm das Wort erteilen wollte.

»In Richtung Rue de la République.«

»Hastige Schritte?«

»Nein, normale Schritte.«

»Die eines Mannes?«

»Bestimmt.«

Chabot machte den Anschein, als hielte er das nicht gerade für eine spektakuläre Neuigkeit, aber der Inspektor fiel ein:

»Warten Sie, was nun kommt. Sag ihnen, was danach geschehen ist, Chalus.«

»Nach einer Weile ist eine Gruppe von Leuten von der Rue de la République aus in die Straße eingebogen. Sie sind auf dem Gehsteig stehen geblieben und haben sich laut unterhalten. Ich habe das Wort ›Doktor‹ und dann das Wort ›Polizeikommissar‹ gehört und bin aufgestanden, um aus dem Fenster zu sehen.«

Chabiron triumphierte.

»Verstehen Sie, Herr Richter? Chalus hat Schritte gehört. Eben hat er mir auch noch gesagt, er habe ein dumpfes Geräusch vernommen, als wäre jemand auf den Gehsteig gefallen. Wiederhole es, Chalus.«

»Ja, das stimmt.«

»Gleich danach ist jemand in Richtung Rue de la République gegangen, in der sich das Café de la

Poste befindet. Ich habe noch weitere Zeugen im Vorzimmer, Gäste, die zu der Zeit in dem Café waren. Es war zehn nach zehn, als Doktor Vernoux hereingekommen und schnurstracks zur Telefonkabine gegangen ist. Nachdem er telefoniert hatte, hat er Doktor Jussieux beim Kartenspielen sitzen sehen und ihm etwas ins Ohr geflüstert. Jussieux hat den anderen gesagt, es sei soeben ein Verbrechen verübt worden, und alle sind hinausgestürzt.«

Maigret fixierte seinen Freund Chabot, dessen Züge erstarrt waren.

»Sind Sie sich im Klaren darüber, was das bedeutet?«, fuhr der Inspektor mit einer Art aggressiver Freude fort, als ob er sich persönlich rächen wollte. »Doktor Vernoux hat gesagt, er habe eine Leiche auf dem Gehsteig bemerkt, die schon fast kalt gewesen sei, und sei dann ins Café de la Poste gegangen, um die Polizei zu rufen. Wenn es so war, dann wäre jemand zwei Mal durch die Straße gegangen, und Chalus, der wach gewesen war, hätte es gehört.«

Noch triumphierte er nicht, aber man spürte seine zunehmende Erregung.

»Chalus hat keine Vorstrafen. Er ist ein angesehener Lehrer und hat keinen Grund, eine Geschichte zu erfinden.«

Maigret ging noch immer nicht auf die stumme Aufforderung seines Freundes ein, das Wort zu ergreifen. Es entstand ein ziemlich langes Schweigen.

Wahrscheinlich, um Haltung zu bewahren, kritzelte der Richter ein paar Worte in eine Akte, die offen vor ihm lag, und als er den Kopf hob, schien er angespannt.

»Sind Sie verheiratet, Monsieur Chalus?«, fragte er matt.

»Ja, Herr Richter.«

Die Feindseligkeit zwischen den beiden Männern war deutlich zu spüren. Auch Chalus war gereizt und antwortete in einem aggressiven Ton. Er schien den Richter dazu herausfordern zu wollen, seine Aussage zu entkräften.

»Kinder?«

»Nein.«

»War Ihre Frau in der letzten Nacht zu Hause?«

»Sie lag im selben Bett wie ich.«

»Hat sie geschlafen?«

»Ja.«

»Sind Sie zur selben Zeit schlafen gegangen?«

»Wie immer, wenn ich nicht zu viele Arbeiten zu korrigieren habe. Da gestern Freitag war, musste ich keine durchsehen.«

»Wann sind Sie zu Bett gegangen, Ihre Frau und Sie?«

»Um halb zehn, vielleicht auch ein paar Minuten später.«

»Gehen Sie immer so früh schlafen?«

»Wir stehen um halb sechs auf.«

»Warum?«

»Weil wir die allen Franzosen zugestandene Freiheit nutzen aufzustehen, wann es uns beliebt.«

Maigret, der ihn mit Interesse beobachtete, hätte wetten mögen, dass er einer Linkspartei angehörte und wahrscheinlich das war, was man politisch aktiv nennt. Jemand, der an Demonstrationen teilnimmt, in Versammlungen das Wort ergreift, Flugblätter in Briefkästen steckt und sich trotz Polizeianordnung weigert, das Weite zu suchen.

»Sie sind also um halb zehn schlafen gegangen und vermutlich bald eingeschlafen.«

»Wir haben uns noch etwa zehn Minuten unterhalten.«

»Dann war es also zwanzig vor zehn. Sind Sie beide eingeschlafen?«

»Nur meine Frau.«

»Und Sie?«

»Ich nicht. Ich schlafe nur schwer ein.«

»Sie schliefen also noch nicht, als Sie dreißig Meter von Ihrer Wohnung entfernt ein Geräusch auf dem Gehsteig hörten?«

»Genau so ist es.«

»Haben Sie überhaupt nicht geschlafen?«

»Nein.«

»Waren Sie völlig wach?«

»Wach genug, um Schritte und das Geräusch eines fallenden Körpers zu hören.«

»Hat es geregnet?«

»Ja.«

»Befindet sich über Ihrer Etage noch eine weitere?«

»Nein, wir wohnen im zweiten Stock.«

»Haben Sie den Regen auf das Dach prasseln hören?«

»Darauf achtet man schon gar nicht mehr.«

»Wasser, das in die Dachrinne läuft?«

»Sicher.«

»Dann haben Sie dieses Geräusch also ebenso beiläufig wahrgenommen wie alle anderen?«

»Das sind völlig unterschiedliche Geräusche: Wasser, das herunterläuft, Schritte von Menschen oder ein fallender Körper.«

Der Richter gab sich noch nicht zufrieden.

»Sind Sie nicht neugierig genug gewesen, um aufzustehen?«

»Nein.«

»Warum nicht?«

»Weil wir in der Nähe des Café de la Poste wohnen.«

»Das verstehe ich nicht.«

»Abends kommen oft Leute an unserem Haus vorbei, die zu viel getrunken haben, und hin und wieder fällt auch mal einer der Länge nach hin.«

»Und bleibt liegen?«

Chalus wusste nicht sofort etwas auf diese Frage zu antworten.

»Da Sie von Schritten gesprochen haben, nehme ich an, dass Sie den Eindruck hatten, es seien mehrere Menschen, zumindest zwei auf der Straße.«

»Das versteht sich.«

»Ein einziger Mensch hat sich in Richtung der Rue de la République entfernt. So war es doch?«

»Ich nehme es an.«

»Da es zu einem Mord gekommen ist, mussten sich in dem Augenblick, da Sie Schritte hörten, mindestens zwei Menschen dreißig Meter von Ihrer Wohnung entfernt aufgehalten haben. Können Sie mir folgen?«

»Das ist nicht schwer.«

»Haben Sie gehört, dass jemand fortging?«

»Das habe ich bereits gesagt.«

»Wann haben Sie sie kommen hören? Kamen sie von der Rue de la République oder vom Champ-de-Mars?«

Chabiron zuckte mit den Schultern. Emile Chalus dachte angestrengt nach.

»Ich habe sie nicht kommen hören.«

»Sie nehmen doch wohl nicht an, dass sie im Regen herumstanden und der eine währenddessen auf den günstigen Moment wartete, um den anderen umzubringen?«

Der Lehrer ballte die Fäuste.

»Ist das alles, was Sie herausbekommen haben?«, zischte er.

»Ich verstehe nicht.«

»Es ist Ihnen unangenehm, dass jemand aus Ihrem Milieu beschuldigt wird. Aber Ihre Frage führt in die Irre. Ich höre nicht unbedingt jemanden, der draußen vorbeigeht, oder, richtiger gesagt, ich achte nicht darauf.«

»Dennoch …«

»Lassen Sie mich bitte fortfahren, statt zu versuchen, mir eine Falle zu stellen. Bis zu dem Augenblick, da ich die Schritte hörte, hatte ich keinen Grund, auf das zu achten, was auf der Straße vorging. Danach aber hat mich die Sache interessiert.«

»Und Sie behaupten, dass von dem Augenblick an, da jemand auf dem Gehsteig hingefallen ist, bis zu dem, da mehrere Personen aus dem Café de la Poste herbeigeeilt sind, sich auf der Straße nichts gerührt habe?«

»Nicht ein Schritt war zu hören.«

»Sind Sie sich der Bedeutung dieser Aussage bewusst?«

»Ich habe nicht darauf gedrängt, sie zu machen. Der Inspektor hat mich verhört.«

»Bevor der Inspektor Sie verhört hat, war Ihnen die Bedeutung Ihrer Aussage nicht im Geringsten klar?«

»Ich kannte die Aussage von Doktor Vernoux nicht.«

»Wer hat Ihnen etwas von einer Aussage gesagt? Doktor Vernoux ist nicht vernommen worden.«

»Nun gut, sagen wir, ich habe nicht gewusst, was er erzählt hat.«

»Hat Ihnen der Inspektor davon berichtet?«

»Ja.«

»Und Sie haben verstanden?«

»Ja.«

»Und waren vermutlich von der Wirkung begeistert, die Sie damit erzielen würden? Hassen Sie die Vernoux'?«

»Sie und ihresgleichen.«

»Haben Sie sie in Ihren Reden besonders angegriffen?«

»Das ist vorgekommen.«

Der Richter wandte sich kühl an Inspektor Chabiron:

»Hat seine Frau seine Aussage bestätigt?«

»Zum Teil. Ich habe sie nicht mitgebracht, weil sie mit Ihrem Haushalt beschäftigt war, aber ich kann sie holen. Sie sind um halb zehn schlafen gegangen. Sie weiß das genau, weil sie wie jeden Abend den Wecker aufgezogen hat. Sie haben sich noch ein bisschen unterhalten. Dann ist sie eingeschlafen, und als sie aufwachte, hat sie bemerkt, dass ihr Mann nicht mehr neben ihr lag. Sie hat ihn am Fenster stehen sehen. Da war es Viertel nach zehn, und eine Gruppe von Menschen stand um die Leiche herum.«

»Und keiner von beiden ist hinuntergegangen?«

»Nein.«

»Hat es sie nicht interessiert zu erfahren, was vorgefallen war?«

»Sie haben das Fenster einen Spaltbreit geöffnet und gehört, wie jemand sagte, Gobillard sei soeben ermordet worden.«

Chabot, der immer noch vermied, Maigret anzusehen, schien entmutigt. Mechanisch stellte er noch ein paar Fragen:

»Bestätigen weitere Anwohner der Straße seine Aussage?«

»Bis jetzt nicht.«

»Haben Sie sie alle verhört?«

»Nur jene, die heute früh zu Hause waren. Einige waren schon zur Arbeit gegangen. Zwei oder drei waren gestern Abend im Kino und wissen nichts.«

Chabot wandte sich an den Lehrer.

»Kennen Sie Doktor Vernoux persönlich?«

»Ich habe nie mit ihm gesprochen, wenn Sie das meinen. Ich habe ihn öfter auf der Straße gesehen, wie jeder. Ich weiß, wer er ist.«

»Sie empfinden ihm gegenüber keine besondere Abneigung?«

»Diese Frage habe ich Ihnen schon beantwortet.«

»Standen Sie schon einmal vor Gericht?«

»Ich bin bei politischen Kundgebungen ein Dutzend Mal verhaftet worden, aber man hat mich nach einer Nacht auf der Wache und natürlich einer Tracht Prügel jedes Mal wieder freigelassen.«

»Davon spreche ich nicht.«

»Ich verstehe, dass Sie das nicht interessiert.«

»Halten Sie Ihre Aussage aufrecht?«

»Ja, auch wenn es Sie ärgert.«

»Um mich geht es dabei nicht.«

»Aber um Ihre Freunde.«

»Sind Sie sich dessen, was Sie gestern Abend gehört haben, sicher genug, um jemanden aufgrund Ihrer Aussage ins Zuchthaus oder aufs Schafott zu schicken?«

»Ich bin ja nicht der Mörder. Der Mörder hat nicht gezögert, die Witwe Gibon und den armen Gobillard umzubringen.«

»Sie vergessen Robert de Courçon.«

»Auf den pfeife ich!«

»Ich werde also den Gerichtsschreiber rufen, damit er Ihre Aussage zu Protokoll nimmt.«

»Wie es Ihnen beliebt.«

»Wir werden danach Ihre Frau vernehmen.«

»Sie wird nichts anderes sagen als ich.«

Chabot streckte gerade die Hand nach dem elektrischen Klingelknopf auf seinem Schreibtisch aus, als Maigret, den man beinahe vergessen hatte, plötzlich freundlich fragte:

»Leiden Sie an Schlaflosigkeit, Monsieur Chalus?«

Der Lehrer fuhr herum.

»Was wollen Sie damit sagen?«

»Nichts. Ich meine, Sie hätten vorhin gesagt, Sie

könnten schlecht einschlafen, woraus sich erklärt, dass Sie, nachdem Sie sich um halb zehn zu Bett gelegt hatten, um zehn noch wach waren.«

»Ich leide schon seit Jahren an Schlaflosigkeit.«

»Sind Sie deswegen einmal zum Arzt gegangen?«

»Ich mag keine Ärzte.«

»Haben Sie kein Mittel dagegen?«

»Ich nehme Tabletten.«

»Jeden Abend?«

»Ist das ein Verbrechen?«

»Haben Sie gestern vorm Schlafengehen Tabletten genommen?«

Maigret musste beinahe lächeln, als er sah, wie sein Freund Chabot wieder zum Leben erwachte, wie eine Pflanze, die lange kein Wasser bekommen hat und nun endlich gegossen wird. Der Richter konnte nicht umhin, das Heft wieder an sich zu reißen.

»Warum haben Sie nicht gesagt, dass Sie ein Schlafmittel genommen haben?«

»Weil Sie mich nicht danach gefragt haben und weil das auch nur mich etwas angeht. Muss ich Ihnen auch melden, wenn meine Frau ein Abführmittel nimmt?«

»Sie haben um halb zehn zwei Tabletten geschluckt?«

»Ja.«

»Und Sie haben um zehn nach zehn noch nicht geschlafen?«

»Nein. Wenn Sie diese Mittel ständig nehmen würden, wüssten Sie, dass die Wirkung auf Dauer abnimmt. Anfangs reichte eine Tablette. Jetzt nehme ich zwei, und es dauert länger als eine halbe Stunde, bis ich einschlafe.«

»Es ist also möglich, dass Sie schon eingeschlafen waren, als Sie das Geräusch auf der Straße vernommen haben?«

»Ich habe nicht geschlafen. Wenn ich geschlafen hätte, hätte ich nichts gehört.«

»Aber Sie hätten vor sich hin dämmern können. Woran haben Sie gedacht?«

»Daran erinnere ich mich nicht mehr.«

»Können Sie schwören, dass Sie nicht in einem Zustand zwischen Wachen und Schlafen waren? Erwägen Sie Ihre Antwort genau. Ein Meineid ist ein schweres Delikt.«

»Ich habe nicht geschlafen.«

Der Mann war im Grunde ehrlich. Es hatte ihn gewiss begeistert, einem Mitglied der Vernoux-Sippe den Garaus machen zu können, und er hatte es voller Freude getan. Jetzt, da er fühlte, dass ihm der Triumph entglitt, versuchte er, sich an seine Aussage zu klammern, wagte aber nicht zu lügen.

Er warf Maigret einen traurigen Blick zu, in dem ein Vorwurf, aber kein Zorn lag. Er schien zu sagen:

»Warum hast du mich verraten, obschon du doch auf unserer Seite stehst?«

Ohne Zeit zu verlieren, fuhr der Richter fort:

»Angenommen, die Tabletten hätten zu wirken begonnen, ohne dass Sie ganz eingeschlafen sind, so kann es doch sein, dass Sie Geräusche auf der Straße gehört haben, und Ihr Dämmerzustand würde erklären, warum Sie, ehe der Mord geschah, keine Schritte gehört haben. Erst das Stampfen und das Fallen eines Körpers hat Ihre Aufmerksamkeit geweckt. Liegt es da nicht nahe, dass Sie, nachdem sich die Schritte entfernt hatten, wieder eingedämmert sind? Und nicht aufgestanden? Sie haben Ihre Frau nicht geweckt. Sie waren nicht beunruhigt, wie Sie uns gesagt haben, als wäre das alles im Traum geschehen. Erst als die Leute draußen stehen blieben und laut sprachen, wurden Sie richtig wach.«

Chalus zuckte mit den Schultern.

»Ich hätte darauf gefasst sein müssen«, sagte er. Dann fügte er etwas wie »Sie und Ihresgleichen …« hinzu.

Chabot hörte nicht mehr hin, sondern sagte zu Inspektor Chabiron:

»Nehmen Sie seine Aussage trotzdem zu Protokoll. Ich werde seine Frau heute Nachmittag vernehmen.«

Als sie allein waren, Maigret und er, gab der Richter vor, etwas zu notieren. Es vergingen gut fünf Minuten, ehe er ohne aufzuschauen murmelte:

»Ich danke dir.«

Maigret zog an seiner Pfeife und erwiderte grummelnd: »Ich wüsste nicht, wofür.«

4

Die Italienerin mit den blauen Flecken

Während des Mittagessens, dessen Hauptgang eine gefüllte Lammschulter war – Maigret konnte sich nicht erinnern, jemals eine so köstliche gegessen zu haben –, wirkte Julien Chabot, als quälte ihn ein schlechtes Gewissen.

Als sie zur Tür hereingekommen waren, hatte er es für notwendig gehalten zu murmeln:

»Wir wollen vor meiner Mutter nicht darüber sprechen.«

Maigret hatte nicht die Absicht gehabt. Er beobachtete seinen Freund, der sich über den Briefkasten beugte und zwischen den Prospekten einen Brief hervorzog, der so ähnlich aussah wie der, den man ihm am Morgen im Hotel überreicht hatte, nur war dieser lachsfarben und nicht grünlich. Vielleicht stammte er aus derselben Packung. Er konnte sich nicht davon überzeugen, denn der Richter steckte ihn achtlos in seine Tasche.

Auf dem Rückweg vom Gericht hatten sie kaum ein Wort gewechselt. Bevor sie den Heimweg antraten, hatten sie eine kurze Unterredung mit dem Staatsanwalt gehabt, und Maigret war überrascht gewesen, dass es sich dabei um einen Mann von kaum dreißig Jahren handelte. Ein hübscher Kerl, frisch von der Akademie, der sein Amt nicht sonderlich ernst zu nehmen schien.

»Ich muss mich noch wegen gestern Abend entschuldigen, Chabot. Man hat mich aus einem guten Grund nicht erreichen können. Ich war in La Rochelle, und meine Frau wusste nichts davon.«

Mit einem Zwinkern hatte er hinzugefügt:

»Zum Glück!«

Und schließlich nichtsahnend:

»Jetzt, da Kommissar Maigret Sie unterstützt, werden Sie den Mörder sicher bald überführen. Glauben Sie auch, dass wir es mit einem Verrückten zu tun haben, Kommissar?«

Wozu darüber diskutieren? Man spürte, dass die Beziehungen zwischen dem Richter und dem Staatsanwalt nicht übertrieben freundschaftlich waren.

Auf dem Flur waren sie von Journalisten belagert worden, die Chalus' Aussage bereits kannten. Er hatte offenbar mit ihnen gesprochen. Maigret hätte wetten mögen, dass die ganze Stadt Bescheid wusste. Es war schwer, die besondere Atmosphäre zu beschreiben. Auf dem Weg vom Gerichtsgebäude bis zum Haus des Richters begegneten ihnen nur etwa fünfzig Menschen, was genügte, um die Stimmung in der Stadt zu erfassen. Die Blicke, die man den beiden Männern zuwarf, waren nicht gerade vertrauensvoll. Die einfachen Leute, vor allem die Frauen, die vom Markt kamen, gaben sich beinahe feindselig. In einem kleinen Café an der Place Viète saßen eine Menge Leute beim Aperitif, und als die beiden Männer vorbeigingen, setzte spöttisches Gemurmel und Gelächter ein. Einige schienen geradezu panisch zu sein, und die Anwesenheit der Polizisten, die auf Rädern die Stadt durchstreiften, reichte nicht aus, um sie zu beruhigen. Im Gegenteil. Sie verliehen dem Straßenbild eine gewisse Dramatik, denn sie erinnerten daran, dass irgendwo ein Mörder frei herumlief.

Madame Chabot hatte nicht versucht, Fragen zu stellen. Sie las ihrem Sohn ebenso wie Maigret jeden Wunsch von den Lippen ab, schien den Kommissar stumm zu bitten, ihn zu beschützen, und bemühte sich, von belanglosen Dingen zu sprechen.

»Erinnern Sie sich noch an das schielende junge Mädchen, mit dem Sie einmal sonntags hier gegessen haben?«

Sie hatte ein erstaunliches Gedächtnis und erinnerte Maigret an Menschen, die er zuletzt vor dreißig Jahren bei seinen kurzen Besuchen in Fontenay gesehen hatte.

»Sie hat sich glänzend verheiratet mit einem jungen Mann aus Marans, der eine bedeutende Käserei gegründet hat. Sie haben drei Kinder bekommen, eins hübscher als das andere, aber dann plötzlich, als ob das Schicksal ihnen ihr Glück missgönnte, ist sie an Tuberkulose erkrankt.«

Sie erwähnte noch andere Menschen, die krank oder tot waren, oder denen sonst irgendein Unglück zugestoßen war.

Zum Nachtisch brachte Rose eine riesige Platte mit Profiteroles, die mit Schokolade überzogen waren, und die alte Dame beobachtete den Kommissar mit schelmischem Blick. Er wusste ihn nicht zu deuten, spürte aber, dass sie etwas von ihm erwartete. Er schwärmte nicht gerade für Profiteroles und legte nur eine auf den Teller.

»Aber so nehmen Sie doch! Genieren Sie sich nicht!«

Da er ihre Enttäuschung bemerkte, nahm er drei.

»Sie wollen mir doch wohl nicht erzählen, dass Sie Ihren Appetit verloren haben. Ich erinnere mich noch an den Abend, an dem Sie ein Dutzend aßen. Jedes Mal, wenn Sie zu Besuch gekommen sind, habe ich Profiteroles für Sie zubereitet. Sie haben behauptet, nirgends sonst so gute gegessen zu haben.«

(Das stimmte übrigens: Er aß sie nirgendwo sonst!)

Ihm war das völlig entfallen. Es wunderte ihn, dass er sich jemals für Backwerk begeistert haben sollte. Er hatte es damals wohl nur aus Höflichkeit gesagt. Also tat er, was er tun musste, pries die Profiteroles in den höchsten Tönen und aß nicht nur die auf seinem Teller, sondern langte noch einmal zu.

»Und die Rebhühner mit Kohl! Erinnern Sie sich daran? Schade, dass jetzt keine Saison ist, sonst …«

Nachdem der Kaffee serviert worden war, zog sie sich diskret zurück, und Chabot stellte aus Gewohnheit eine Kiste Zigarren und die Cognacflasche auf den Tisch. Das Esszimmer hatte sich ebenso wenig verändert wie das Arbeitszimmer. Es war beinahe unheimlich, wie sehr hier alles noch beim Alten war. Selbst Chabot hatte sich genau besehen nicht sonderlich verändert.

Um seinem Freund eine Freude zu machen, nahm Maigret eine Zigarre und streckte dann die Füße zum Kamin aus. Er wusste, dass Chabot über ein bestimmtes Thema sprechen wollte, und dass er, seitdem sie das Gerichtsgebäude verlassen hatten, darüber nachdachte. Aber er brauchte seine Zeit. Die Stimme des Richters klang etwas unsicher, als er ohne aufzublicken fragte:

»Glaubst du, ich hätte ihn verhaften lassen müssen?«

»Wen?«

»Alain.«

»Ich sehe keinen Anlass, den Arzt zu verhaften.«

»Dennoch scheint mir Chalus aufrichtig zu sein.«

»Er ist es ohne jeden Zweifel.«

»Glaubst du auch, dass er die Wahrheit gesagt hat?«

Im Grunde fragte sich Chabot, warum Maigret in das Gespräch eingegriffen hatte, denn ohne ihn und die Frage nach dem Schlafmittel, wäre die Aussage des Lehrers viel belastender für den jungen Vernoux gewesen. Das trieb den Richter um, beunruhigte ihn.

»Zunächst einmal«, sagte Maigret, während er umständlich an seiner Zigarre zog, »ist es durchaus möglich, dass er eingeschlafen ist. Ich misstraue Aussagen von Leuten, die irgendetwas von ihrem Bett aus gehört haben wollen. Vielleicht wegen meiner Frau. Wie oft hat sie behauptet, sie sei erst um drei Uhr morgens eingeschlafen. Sie ist felsenfest davon überzeugt und würde es beschwören. Und wie oft bin ich aufgewacht, während sie angeblich nicht schlafen konnte, und habe sie wie ein Murmeltier schlafen sehen.«

Chabot schien nicht überzeugt. Vielleicht glaubte er, sein Freund habe ihn nur vor einem falschen Schritt bewahren wollen.

»Und außerdem«, fuhr der Kommissar fort, »selbst wenn der Arzt der Mörder sein sollte, ist es besser, ihn noch nicht zu verhaften. So einen Mann bringt man nicht durch ein gründliches Verhör zum Sprechen, und erst recht nicht durch eine Tracht Prügel.«

Der Richter wies diesen Gedanken mit einer Geste der Empörung zurück.

»Nach dem aktuellen Stand der Ermittlungen liegt nicht einmal der Ansatz eines Beweises gegen ihn vor. Wenn du ihn verhaften ließest, würde das einen Teil der Bevölkerung zufriedenstellen. Die Leute würden unter den Gefängnisfenstern zusammenströmen und ›Aufs Schafott mit ihm!‹ rufen. Und in diesem Zustand der Erregung lassen sich die Leute nur schwer wieder beruhigen.«

»Glaubst du das wirklich?«

»Ja.«

»Sagst du das nicht nur, um mich zu beruhigen?«

»Ich sage es, weil es die Wahrheit ist. Wie immer in einem solchen Fall fällt der Verdacht der Mehrheit mehr oder weniger offen auf eine bestimmte Person, und ich habe mich oft gefragt, warum es gerade diese Person trifft. Das ist ein mysteriöses und beinahe erschreckendes Phänomen. Vom ersten Tag an, wenn ich es richtig verstanden habe, hat sich der Argwohn der Leute gegen die Vernoux-Sippschaft gerichtet, ganz gleich ob Vater oder Sohn.«

»Das stimmt.«

»Jetzt richten sie ihren Zorn gegen den Sohn.«

»Und wenn er der Mörder ist?«

»Ich habe gehört, wie du seine Überwachung angeordnet hast.«

»Er kann sich ihr entziehen.«

»Das wäre nicht klug von ihm, denn wenn er sich zu häufig in der Stadt zeigt, läuft er Gefahr, dass man ihn in Stücke reißt. Wenn er der Mörder ist, wird er früher oder später etwas tun, das einen Hinweis liefert.«

»Vielleicht hast du recht. Im Grunde bin ich froh,

dass du hier bist. Gestern, das will ich offen zugeben, hat es mich ein wenig gestört. Ich hatte befürchtet, du würdest mich beobachten und für unbeholfen, ungeschickt, rückständig und weiß Gott was halten. Hier auf dem Land leiden wir fast alle unter Minderwertigkeitskomplexen, vor allem denen gegenüber, die aus Paris kommen. Und erst recht, wenn es sich um jemanden wie dich handelt. Bist du mir böse?«

»Warum?«

»Wegen der Dummheiten, die ich dir gesagt habe.«

»Du hast mir sehr vernünftige Dinge gesagt. In Paris müssen wir auch auf besondere Situationen Rücksicht nehmen und gewisse Leute mit Samthandschuhen anfassen.«

Chabot schien sich schon besser zu fühlen.

»Ich werde heute Nachmittag die Zeugen vernehmen, die Chaborin ausfindig gemacht hat. Die meisten von ihnen haben weder etwas gesehen noch gehört, aber ich will keine Chancen vergeben.«

»Sei nett zu Madame Chalus.«

»Gib zu, diese Leute sind dir sympathisch.«

»Ja, wahrscheinlich.«

»Begleitest du mich?«

»Nein, ich will lieber etwas Stadtluft schnuppern und hier und dort ein Glas Bier trinken.«

»Ach, ich habe ja den Brief noch gar nicht geöffnet. Ich wollte es nicht in Anwesenheit meiner Mutter tun.«

Er zog den lachsfarbenen Umschlag aus seiner Tasche, und Maigret erkannte die Handschrift. Er stammte bestimmt aus derselben Packung wie der Brief, den er am Morgen erhalten hatte.

Krigen Sie raus was der Dokter mit der jungen Sabati gemacht hat.

»Weißt du, wer das ist?«

»Nie gehört, den Namen.«

»Ich glaube mich zu erinnern, dass du gesagt hast, Doktor Vernoux sei kein Schürzenjäger.«

»Er steht aber in dem Ruf. Es wird wohl jetzt anonyme Briefe hageln. Dieser stammt von einer Frau.«

»Wie die meisten anonymen Briefe! Willst du nicht das Kommissariat anrufen?«

»Wegen der Sabati?«

»Ja.«

»Jetzt gleich?«

Maigret nickte.

»Gehen wir in mein Arbeitszimmer.«

Er nahm den Hörer ab und rief das Kommissariat an.

»Sind Sie es, Féron? Hier Untersuchungsrichter Chabot. Kennen Sie eine gewisse Sabati?«

Er musste eine Weile warten. Féron erkundigte sich bei seinen Polizisten und sah vielleicht in einer Kartei nach. Als er wieder an den Apparat kam, schrieb Chabot, den Hörer noch immer am Ohr, einige Worte auf seine Schreibunterlage.

»Nein. Wahrscheinlich kein Zusammenhang. Wie? Bestimmt nicht. Befassen Sie sich vorläufig noch nicht mit ihr.«

Bei diesen Worten suchte er mit einem Blick Maigrets Zustimmung, und der Kommissar nickte lebhaft.

»Ich werde in einer halben Stunde in meinem Büro sein. Ja. Danke.« Er legte auf.

»Es gibt wirklich eine Louise Sabati in Fontenay-le-Comte. Sie ist die Tochter eines italienischen Maurers, der in Nantes oder in der Umgebung arbeitet. Sie war einige Zeit Kellnerin im Hôtel de France und dann im Café de la Poste. Seit ein paar Monaten arbeitet sie nicht mehr. Wenn sie nicht umgezogen ist, wohnt sie dort, wo die Straße nach La Rochelle abgeht, in dem Kasernenviertel, in einem großen halb verfallenen Haus mit sechs oder sieben Familien.«

Maigret, der von seiner Zigarre genug hatte, drückte den glimmenden Stummel im Aschenbecher aus und steckte sich dann eine Pfeife an.

»Willst du sie aufsuchen?«

»Vielleicht.«

»Glaubst du noch immer, dass der Doktor …?«

Er hielt inne und runzelte die Stirn.

»Übrigens, was machen wir heute Abend? Samstags gehe ich immer zu den Vernoux' zum Bridge.

Nach dem, was du mir erzählt hast, erwartet dich Hubert Vernoux ebenfalls.«

»Und?«

»Ich frage mich, ob bei der momentanen Stimmung der Leute …«

»Du gehst doch jeden Samstag hin, oder?«

»Ja.«

»Nun, und wenn du diesmal nicht gehst, wird man daraus schließen, dass sie verdächtig sind.«

»Und wenn ich gehe, wird man sagen …«

»Dass du sie schützen willst. Aber das glaubt man sowieso schon. Darauf kommt es jetzt nicht an.«

»Hast du die Absicht, mich zu begleiten?«

»Sicherlich.«

»Nun, wenn du willst …«

Der arme Chabot leistete nicht länger Widerstand und überließ sich ganz Maigrets Initiative.

»Es ist Zeit, ins Büro zu gehen.«

Sie verließen gemeinsam das Haus. Der Himmel war noch immer von einem leuchtenden und zugleich trüben Weiß, wie das Spiegelbild des Himmels in einer Pfütze. Der Wind pfiff nach wie vor um die Straßenecken und drückte den Frauen die Kleider gegen den Leib. Hier und da verlor ein Mann seinen Hut und jagte ihm mit grotesken Bewegungen hinterher.

Maigret und Chabot schlugen entgegengesetzte Richtungen ein.

»Wann sehen wir uns?«

»Ich komme vielleicht im Büro vorbei. Sonst bin ich zum Abendessen bei dir. Wann beginnt der Bridge-Abend bei Vernoux?«

»Um halb neun.«

»Ich sage dir gleich, dass ich kein Bridge kann.«

»Das macht nichts.«

Vorhänge bewegten sich, als Maigret vorüberging. Er hatte die Pfeife im Mund, die Hände in den Taschen und den Kopf gesenkt, um seinen Hut nicht zu verlieren. Allein war ihm nun weniger wohl zumute. Alles, was er seinem Freund Chabot zuvor erzählt hatte, entsprach der Wahrheit. Und doch, als er heute Morgen in Chalus' Vernehmung eingegriffen hatte, war er dem Impuls gefolgt, den Richter aus einer peinlichen Situation befreien zu wollen.

Die Atmosphäre der Stadt war nach wie vor angespannt. Zwar gingen die Leute ihren alltäglichen Beschäftigungen nach, doch aus ihren Blicken sprach eine gewisse Angst. Die Passanten schienen schneller zu gehen, als fürchteten sie, plötzlich dem Mörder zu begegnen. Maigret hätte schwören mögen, dass die Hausfrauen sonst nicht vor ihren Häusern standen und sich leise miteinander unterhielten.

Man schaute ihm hinterher, und er las die stummen Fragen in ihren Gesichtern: *Würde er etwas tun? Oder würde der Unbekannte weiterhin ungestraft morden?*

Einige grüßten ihn schüchtern, als ob sie sagen wollten:

»Wir wissen, wer Sie sind. Sie sind bekannt dafür, die kompliziertesten Fälle zu lösen. Und *Sie*, *Sie* werden sich nicht von gewissen Persönlichkeiten beeindrucken lassen.«

Er wäre fast ins Café de la Poste gegangen, um ein Bier zu trinken. Aber etwa ein Dutzend Leute saßen dort, die ihn anstarrten, als er sich dem Eingang näherte, und er hatte keine Lust, jetzt irgendwelche Fragen zu beantworten.

Um in das Kasernenviertel zu gelangen, musste man übrigens den Champ-de-Mars überqueren, eine große kahle Fläche, gesäumt von frisch gepflanzten Bäumen, die im Wind zitterten.

Er bog in dieselbe kleine Straße ein, in die der Arzt am Abend zuvor eingebogen war, jene, in der man Gobillard ermordet hatte. Er kam an einem Haus vorbei, aus dessen zweitem Stock laute Stimmen drangen. Dort wohnte wahrscheinlich Emile Chalus, der Lehrer. Mehrere Personen diskutierten leidenschaftlich. Sicherlich Chalus' Freunde, die sich nach dem neuesten Stand erkundigten.

Er überquerte den Champ-de-Mars, ging um die Kaserne herum, bog in die Straße rechts ein und suchte nach dem großen verfallenen Haus, das sein Freund ihm beschrieben hatte. An dieser einsamen Straße, die über brachliegendes Gelände führte, gab es nur eins dieser Art. Es ließ sich kaum erahnen, was es einmal gewesen war: ein Lagerhaus, eine Mühle, vielleicht eine kleine Fabrik. Vor dem Haus spielten Kinder, und im Flur krochen weitere, kleinere Kinder mit nacktem Hinterteil herum. Eine dicke Frau mit Haaren, die ihr bis auf den Rücken fielen, steckte den Kopf durch den Spalt einer Tür. Sie schien noch nie etwas von Kommissar Maigret gehört zu haben.

»Zu wem wollen Sie?«

»Zu Mademoiselle Sabati.«

»Louise?«

»Ja, ich glaube, so heißt sie.«

»Gehen Sie um das Haus herum und dann durch die Hintertür. Wenn Sie die Treppe hochsteigen, sehen Sie eine Tür. Dort ist es.«

Er schlängelte sich zwischen Mülleimern hindurch, stieg über Schutthaufen, während vom Kasernenhof Trompeten zu hören waren. Die Hintertür stand offen. Eine steile Treppe ohne Geländer führte zu einem Zwischenstock, das nicht auf Höhe der anderen lag, und er klopfte an eine blau gestrichene Tür.

Zunächst regte sich nichts. Als er fester klopfte, hörte er Schritte in Pantoffeln, musste aber noch ein drittes Mal klopfen, ehe jemand fragte:

»Wer ist da?«

»Mademoiselle Sabati?«

»Was wollen Sie?«

»Sie sprechen.«

Und er fügte auf gut Glück hinzu:

»Ich komme im Auftrag des Doktors.«

»Einen Augenblick.«

Sie verschwand wieder, wahrscheinlich, um sich etwas überzuziehen. Als sie schließlich die Tür öffnete, trug sie einen gemusterten Morgenmantel aus billiger Baumwolle und darunter wohl nur ein Nachthemd. Ihre nackten Füße steckten in Pantoffeln, und ihr schwarzes Haar war nicht frisiert.

»Haben Sie noch geschlafen?«

»Nein.«

Misstrauisch musterte sie ihn von Kopf bis Fuß. Hinter ihr blickte man am Ende eines winzigen Flurs in ein unordentliches Zimmer.

»Was lässt er mir ausrichten?«

Als sie den Kopf ein wenig zur Seite drehte, bemerkte er einen blauen Fleck an ihrem linken Auge. Sie musste ihn schon eine Weile haben, denn das Blau begann sich bereits gelblich zu verfärben.

»Haben Sie keine Angst. Ich komme als Freund. Ich möchte Sie nur einen Augenblick sprechen.«

Vermutlich hatten die zwei oder drei Kinder, die sie inzwischen vom Fuß der Treppe aus beobachteten, sie schließlich dazu bewogen, ihn hereinzulassen.

Die Wohnung bestand nur aus zwei Räumen, dem Schlafzimmer, in das er nur einen flüchtigen Blick werfen konnte – das Bett war nicht gemacht –, und einer Küche. Auf dem Tisch lag ein aufgeschlagener

Roman. Daneben standen eine Tasse mit einem Rest Milchkaffee und ein Teller mit einem Stück Butter.

Louise Sabati war nicht schön. In schwarzem Kleid und weißer Schürze sah sie bestimmt so verhärmt aus wie die meisten Zimmermädchen in Provinzhotels. Dennoch war etwas Anziehendes, beinahe Leidenschaftliches in ihrem blassen Gesicht mit den wachen dunklen Augen.

Sie räumte einen Stuhl frei.

»Hat wirklich Alain Sie geschickt?«

»Nein.«

»Er weiß nicht, dass Sie hier sind?«

Bei diesen Worten warf sie einen ängstlichen Blick zur Tür und blieb stehen, bereit, sich zu verteidigen.

»Haben Sie keine Angst.«

»Sie sind von der Polizei?«

»Ja und nein.«

»Was ist passiert? Wo ist Alain?«

»Zu Hause wahrscheinlich.«

»Sind Sie sicher?«

»Warum sollte er nicht dort sein?«

Sie biss sich auf die Lippe, aus der Blut hervortrat. Sie war sehr nervös, geradezu krankhaft nervös. Einen Augenblick fragte er sich, ob sie vielleicht Rauschgift nahm.

»Wer hat Ihnen von mir erzählt?«

»Sind Sie schon lange die Geliebte des Doktors?«

»Sagt man das?«

Er setzte seine gutmütigste Miene auf. Im Übrigen brauchte er sich nicht einmal anzustrengen, um freundlich zu ihr zu sein.

»Sind Sie eben erst aufgestanden?«, fragte er, statt ihre Frage zu beantworten.

»Was geht Sie das an?«

Sie hatte einen ganz leichten italienischen Akzent. Sie schien kaum mehr als zwanzig Jahre alt zu sein, und unter dem schlecht geschnittenen Morgenmantel spannte sich ihr Körper. Nur ihre Brust, die einmal sehr reizvoll gewesen sein musste, war etwas zusammengesunken.

»Wollen Sie sich nicht zu mir setzen?«

Sie konnte nicht einen Augenblick still stehen. Fahrig griff sie nach einer Zigarette, zündete sie an.

»Sind Sie sicher, dass Alain nicht kommen wird?«

»Haben Sie Angst davor? Warum?«

»Er ist eifersüchtig.«

»Er hat keinen Grund, auf mich eifersüchtig zu sein.«

»Er ist auf alle Männer eifersüchtig.«

Mit einer seltsamen Stimme fügte sie hinzu:

»Er hat recht.«

»Wie meinen Sie das?«

»Es ist sein Recht.«

»Liebt er Sie?«

»Ich glaube, ja. Ich weiß, dass ich es nicht wert bin, aber ...«

»Wollen Sie sich wirklich nicht setzen?«

»Wer sind Sie?«

»Kommissar Maigret von der Pariser Kriminalpolizei.«

»Ich habe schon von Ihnen gehört. Was machen Sie hier?«

Warum sollte er nicht offen mit ihr sprechen?

»Ich bin zufällig hier, um einen Freund zu treffen, den ich seit Jahren nicht gesehen habe.«

»Hat er Ihnen von mir erzählt?«

»Nein. Ich bin auch Ihrem Freund Alain begegnet. Heute Abend bin ich übrigens bei ihm eingeladen.«

Sie schien zu spüren, dass er nicht log, war aber noch nicht beruhigt. Dennoch zog sie sich einen Stuhl heran, setzte sich jedoch nicht gleich.

»Wenn er sich nicht bereits in Schwierigkeiten befindet, so kann er jeden Augenblick welche bekommen.«

»Warum?«

Aus ihrem Ton schloss er, dass sie schon etwas wusste.

»Manche glauben, er sei vielleicht der Mann, den man sucht.«

»Wegen der Morde? Das ist nicht wahr. Er ist es nicht. Er hatte keinen Grund zu …«

Er unterbrach sie und reichte ihr den anonymen Brief, den der Richter ihm überlassen hatte. Sie las ihn angespannt und mit gerunzelter Stirn.

»Wer mag das geschrieben haben?«

»Eine Frau.«

»Ja. Und bestimmt eine Frau, die hier im Haus wohnt.«

»Warum?«

»Weil niemand sonst davon weiß. Ich hätte sogar geschworen, dass selbst hier im Haus niemand weiß, wer er ist. Das ist ein Racheakt, eine Gemeinheit. Nie hat Alain ...«

»Setzen Sie sich doch.«

Endlich entschloss sie sich dazu, wobei sie ihre nackten Beine sorgfältig mit dem Morgenmantel bedeckte.

»Sind Sie schon lange seine Geliebte?«

Ohne ein Zögern antwortete sie:

»Acht Monate und eine Woche.«

Die Genauigkeit ihrer Angabe brachte ihn beinahe zum Lächeln.

»Wie hat es angefangen?«

»Ich habe als Kellnerin im Café de la Poste gearbeitet. Er kam nachmittags hin und wieder vorbei und setzte sich immer an denselben Fensterplatz, von wo aus er die Leute vorbeigehen sah. Alle kannten und grüßten ihn, aber er ergriff selten das Wort. Nach einer gewissen Zeit bemerkte ich, dass seine Blicke mir folgten.«

Sie sah ihn plötzlich herausfordernd an.

»Wollen Sie wirklich wissen, wie es angefangen

hat? Nun gut, ich werde es Ihnen sagen, und Sie werden sehen, dass er nicht der Mann ist, für den Sie ihn halten. Schließlich kam er manchmal abends, um einen Schnaps zu trinken. Einmal ist er geblieben, bis das Lokal schloss. Ich habe mich eigentlich ein bisschen über ihn lustig gemacht, weil mich seine großen Augen unentwegt verfolgten. An dem Abend hatte ich mich mit dem Weinhändler verabredet, den Sie bestimmt auch noch kennenlernen werden. Wir bogen rechts in die kleine Straße ein und …«

»Und?«

»Nun, wir setzten uns auf eine Bank am Champ-de-Mars. Sie wissen schon. Das dauerte nie lange. Als es vorbei war, habe ich allein den Platz überquert, um nach Hause zu gehen, und plötzlich Schritte hinter mir gehört. Es war der Doktor. Ich habe ein bisschen Angst bekommen, mich umgedreht und ihn gefragt, was er von mir wolle. Vor lauter Verlegenheit wusste er nicht, was er antworten sollte. Wissen Sie, was er schließlich gemurmelt hat?

›Warum haben Sie das getan?‹

Ich habe laut gelacht.

›Haben Sie was dagegen?‹

›Es hat mir großen Kummer bereitet.‹

›Warum?‹

So hat er mir schließlich gestanden, dass er mich liebe, dass er nie gewagt habe, es mir zu sagen, dass er sehr unglücklich sei. Lächeln Sie?«

»Nein.«

Das war die Wahrheit. Maigret lächelte nicht. Er konnte sich Alain Vernoux sehr wohl in dieser Situation vorstellen.

»Wir sind noch bis ein oder zwei Uhr morgens den Treidelpfad entlanggegangen, und zum Schluss habe ich geweint.«

»Hat er Sie nach Hause begleitet?«

»An dem Abend nicht. Erst eine ganze Woche später. Bis dahin saß er fast immer im Café, um mich zu überwachen. Er wurde sogar eifersüchtig, wenn er hörte, wie ich mich bei einem Gast für ein Trinkgeld bedankte. Er ist es immer noch. Er will nicht, dass ich ausgehe.«

»Schlägt er Sie?«

Sie strich unwillkürlich über den blauen Fleck an ihrem Auge. Dabei fiel der Ärmel ihres Morgenmantels zurück. Auch an den Armen hatte sie blaue Flecke, als hätte jemand sie heftig gekniffen.

»Er hat das Recht dazu«, erwiderte sie nicht ohne Stolz.

»Kommt das oft vor?«

»Fast jedes Mal.«

»Warum tut er das?«

»Wenn Sie es nicht verstehen, kann ich es Ihnen nicht erklären. Er liebt mich. Er muss dort mit seiner Frau und seinen Kindern zusammenleben. Aber er liebt weder seine Frau noch seine Kinder.«

»Hat er Ihnen das erzählt?«

»Ich weiß es.«

»Betrügen Sie ihn?«

Sie schwieg und blickte ihn wütend an. Dann sagte sie:

»Hat man Ihnen das erzählt?«

Und mit leiser Stimme setzte sie hinzu:

»In der ersten Zeit, als ich das alles noch nicht begriffen hatte, ist es vorgekommen. Ich dachte, er sei wie alle anderen. Wenn man wie ich schon mit vierzehn Jahren damit angefangen hat, misst man dem keine Bedeutung bei. Als er es herausfand, glaubte ich, er würde mich umbringen. Ich sage das nicht nur so dahin. Ich habe nie etwas so Schreckliches erlebt. Eine Stunde lang hat er auf dem Bett gelegen, hat zur Decke gestarrt, die Fäuste geballt, aber nicht ein Wort gesagt, und ich spürte, dass er furchtbar litt.«

»Haben Sie es dann noch mal gemacht?«

»Zwei- oder dreimal. Ich bin ziemlich dumm gewesen.«

»Und seitdem?«

»Nein!«

»Kommt er jeden Abend zu Ihnen?«

»Fast jeden Abend.«

»Hatten Sie ihn gestern erwartet?«

Sie zögerte, überlegte, ob ihre Antwort Alain schaden könnte, den sie um jeden Preis schützen wollte.

»Was hat das schon zu sagen?«

»Sie müssen aber doch ausgehen, um Ihre Besorgungen zu machen.«

»Ich gehe nie in die Stadt. An der Ecke der Straße ist ein kleiner Lebensmittelladen.«

»Die übrige Zeit sind Sie hier eingesperrt?«

»Ich bin nicht eingesperrt. Ich habe Ihnen immerhin die Tür aufgemacht.«

»Ist er nie auf den Gedanken gekommen, sie einzusperren?«

»Woher wissen Sie das?«

»Hat er es getan?«

»Eine Woche lang.«

»Haben es die Nachbarinnen gemerkt?«

»Ja.«

»Hat er Ihnen deshalb den Schlüssel zurückgegeben?«

»Ich weiß es nicht. Ich verstehe nicht, worauf Sie hinauswollen.«

»Lieben Sie ihn?«

»Glauben Sie, ich würde dieses Leben führen, wenn ich ihn nicht liebte?«

»Gibt er Ihnen Geld?«

»Wenn er es kann.«

»Ich dachte, er sei reich.«

»Alle glauben das, obwohl er seinen Vater jede Woche um Geld bitten muss. Sie leben alle in demselben Haus.«

»Warum?«

»Woher soll ich das wissen?«

»Er könnte doch arbeiten.«

»Das geht doch wohl nur ihn selbst was an. Oft gibt ihm sein Vater wochenlang kein Geld.«

Maigret blickte auf den Tisch, auf dem nur Brot und Butter lagen.

»Ist das im Augenblick auch so?«

Sie zuckte mit den Schultern.

»Was bedeutet das schon? Ich habe mir früher auch andere Vorstellungen von reichen Leuten gemacht. Es ist alles nur Fassade. Ein großes Haus und nichts dahinter. Alle sind sie ständig hinter dem Alten her, um ihm etwas Geld abzuknöpfen, und die Lieferanten müssen manchmal Monate warten, bis sie bezahlt werden.«

»Ich dachte, Alains Frau sei reich.«

»Wenn sie reich gewesen wäre, hätte sie ihn nicht geheiratet. Sie lebte in dem Glauben, ihr Mann sei vermögend. Als sie dahinterkam, dass er arm war, begann sie ihn zu hassen.«

Ein langes Schweigen setzte ein. Maigret stopfte langsam und nachdenklich seine Pfeife.

»Worüber denken Sie nach?«, fragte sie.

»Ich denke, dass Sie ihn wirklich lieben.«

»Immerhin!«

Aus ihr sprach bittere Ironie.

»Ich möchte nur wissen«, fuhr sie fort, »warum sich die Leute plötzlich alle auf ihn stürzen. Ich habe die

Zeitung gelesen. Man sagt es zwar nicht frei heraus, aber ich spüre, dass man ihn verdächtigt. Vorhin habe ich durchs Fenster gehört, wie sich die Frauen im Hof unterhalten haben. Sie sprachen absichtlich laut, damit ich auch jedes Wort verstehen konnte.«

»Was haben sie denn gesagt?«

»Dass man nicht weit zu laufen braucht, um einen Verrückten zu finden.«

»Sie haben vermutlich die Szenen mit angehört, die sich bei Ihnen abgespielt haben.«

»Und?«

Sie wurde plötzlich wütend und sprang von ihrem Stuhl auf:

»Weil er ein Mädchen wie mich eifersüchtig liebt, halten Sie ihn wohl auch für verrückt?«

Maigret erhob sich ebenfalls, versuchte, ihr die Hand auf die Schulter zu legen, um sie zu beruhigen, aber sie stieß ihn wütend zurück.

»Geben Sie doch zu, dass sie es denken!«

»Ich denke es *nicht*.«

»Glauben Sie, dass er verrückt ist?«

»Sicher nicht, weil er Sie liebt.«

»Aber er ist es dennoch?«

»Solange es nicht bewiesen ist, habe ich keinen Grund zu dieser Annahme.«

»Was wollen Sie damit sagen?«

»Ich will damit sagen, dass Sie ein gutes Mädchen sind und dass …«

»Ich bin kein gutes Mädchen. Ich bin eine Hure, ein Miststück, und ich verdiene nicht, dass …«

»Sie sind ein gutes Mädchen, und ich verspreche Ihnen, mein Möglichstes zu tun, damit man den wahren Schuldigen findet.«

»Sind Sie davon überzeugt, dass er es nicht ist?«

Er schnaufte, war verlegen, und um Haltung zu bewahren, zündete er sich seine Pfeife an.

»Na bitte. Sie trauen sich nicht, es zu sagen.«

»Sie sind ein gutes Mädchen, Louise. Ich werde wahrscheinlich noch einmal zu Ihnen kommen …«

Aber sie hatte das Vertrauen verloren, und als sie die Tür hinter ihm schloss, murmelte sie:

»Sie und Ihre Versprechen!«

Und noch am Fuß der Treppe, wo die Kinder auf ihn lauerten, glaubte er, sie vor sich hin sagen zu hören:

»Sie sind doch auch nur ein dreckiger Bulle.«

5
Die Bridgepartie

Als sie um Viertel nach acht das Haus in der Rue Clémenceau verließen, wichen sie fast zurück, so überwältigend war die Ruhe, die Stille, die sie plötzlich umfing.

Um fünf Uhr nachmittags war der Himmel auf einmal so finster geworden, als stünde der Weltuntergang bevor, und man hatte überall in der Stadt die Lampen anzünden müssen. Zweimal hatte es kurz und heftig gedonnert, und dann endlich entluden sich die Wolken. Es regnete nicht, es hagelte. Die Menschen auf der Straße waren verschwunden, wie vom Sturm weggefegt, während auf dem Pflaster weiße Hagelkörner wie Pingpongbälle auf und ab hüpften.

Maigret, der zu dieser Zeit im Café de la Poste gewesen war, hatte sich wie die anderen erhoben. Alle waren sie an die Fenster getreten und hatten gebannt hinausgeblickt, als bestaunten sie ein Feuerwerk.

Jetzt war es vorbei, und es war verwirrend, weder Regen noch Wind zu hören. Kein Hauch regte sich, und über den Dächern leuchteten die Sterne.

Vielleicht gingen sie wegen dieser Stille, durch die allein der Hall ihrer Schritte drang, schweigend die Straße entlang. Genau an der Ecke der Place Viète streiften sie einen Mann, der reglos im Dunkeln stand, eine weiße Binde um den Arm trug, einen Knüppel in der Hand hielt und ihnen, ohne ein Wort zu sagen, nachblickte.

Ein paar Schritte weiter setzte Maigret zu einer Frage an, und sein Freund, der sie schon erraten hatte, erklärte beklommen:

»Kurz bevor ich das Büro verließ, hat mich der Kommissar angerufen. Das ist schon seit gestern im Gang. Heute Morgen haben Kinder Einladungen zu einer Versammlung in alle Briefkästen geworfen. Um sechs Uhr hat sie stattgefunden, und *sie* haben ein Wachkomitee gebildet.«

Das »sie« bezog sich offenbar nicht auf die Kinder, sondern auf die feindlichen Elemente in der Stadt.

Chabot fügte hinzu:

»Wir können sie nicht daran hindern.«

Genau vor dem Haus der Vernoux' in der Rue Rabelais standen drei Männer, die ebenfalls Armbinden trugen, auf dem Gehsteig und blickten ihnen entgegen. Sie patrouillierten nicht, sondern standen Wache, und es sah beinahe so aus, als ob sie sie erwarteten und vielleicht daran hindern wollten, das Haus zu betreten. Maigret glaubte in dem Kleinsten der drei Männer die dürre Gestalt des Lehrers Chalus zu erkennen.

Es war ziemlich einschüchternd. Chabot zögerte, auf die Tür zuzugehen, war wahrscheinlich versucht weiterzugehen. Man konnte nicht von einem Aufstand sprechen, nicht einmal von Unruhen, aber es war das erste Mal, dass sich die allgegenwärtige Unzufriedenheit zeigte.

Äußerlich ruhig, voller Würde und mit einer gewissen Feierlichkeit schritt der Untersuchungsrichter schließlich die Stufen hoch und schlug den Türklopfer.

Hinter seinem Rücken hörte man weder Murmeln noch spöttisches Lachen. Die drei Männer standen immer noch unbeweglich da und sahen ihm zu.

Das Klopfen hallte im Inneren wider wie in einer Kirche. Augenblicklich, als hätte er schon bereit gestanden und sie erwartet, nahm ein Hausdiener die Kette ab, zog den Riegel zurück und empfing sie mit stummer Ehrerbietung.

Sonst ging das wohl nicht so vor sich, denn Julien Chabot blieb einen Augenblick an der Schwelle des Salons stehen, als bedauerte er, gekommen zu sein.

In einem Raum von der Größe eines Tanzsaals, in dem ein großer Kristalllüster und auf den Tischen kleine Lampen brannten, waren in den verschiedenen Ecken und rings um den Kamin etwa vierzig Sessel gruppiert.

Aber nur ein einziger Mann saß in der hintersten

Ecke des Raums. Es war Hubert Vernoux mit seinem seidigen weißen Haar. Bei ihrem Eintritt erhob er sich aus einem riesigen Louis-XIII-Sessel und kam ihnen mit ausgestreckter Hand entgegen.

»Ich habe Ihnen ja schon gestern im Zug angekündigt, dass Sie mich besuchen würden, Monsieur Maigret. Ich habe heute übrigens unseren Freund Chabot angerufen, um mich zu vergewissern, dass er Sie auch mitbringt.«

Er war schwarz gekleidet, trug eine Art Smoking, und ein Monokel am Band hing an seiner Brust.

»Meine Familie wird gleich kommen. Ich verstehe nicht, warum noch niemand da ist.«

In dem schlecht beleuchteten Zugabteil hatte Maigret ihn nur undeutlich sehen können. Bei Licht wirkte er älter. Als er durch den Salon gegangen war, hatte sein Schritt etwas von der mechanischen Steifheit an Arthritis leidender Menschen, die sich so bewegen, als wären sie vorher aufgezogen worden. Das Gesicht war aufgedunsen und von einem fast künstlichen Rosa.

Warum musste der Kommissar an einen alternden Schauspieler denken, der sich bemüht, seine Rolle zu spielen, voller Angst, das Publikum könnte herausfinden, dass er schon halb tot ist?

»Ich muss ihnen ausrichten lassen, dass Sie da sind.«

Er hatte geläutet und sagte dann zum Hausdiener:

»Sehen Sie nach, ob Madame fertig ist. Sagen Sie auch Mademoiselle Lucile, dem Doktor und Madame Bescheid ...«

Irgendetwas klappte nicht. Er ärgerte sich, dass seine Familie noch nicht unten war. Um ihn abzulenken, sagte Chabot, wobei er auf die schon bereitstehenden drei Bridgetische blickte:

»Wird Henri de Vergennes kommen?«

»Er hat sich telefonisch entschuldigt. Der Sturm hat mehrere Bäume entwurzelt, die die Auffahrt zum Schloss versperren, sein Wagen kann nicht hinausfahren.«

»Aumale?«

»Der Notar hat seit heute früh die Grippe. Er hat sich mittags ins Bett gelegt.«

Es würde also sonst niemand kommen. Und es hatte beinahe den Anschein, als ob selbst die Familie zögerte zu erscheinen. Der Diener kam nicht zurück.

Hubert Vernoux deutete auf einen Tisch voller Flaschen.

»Bedienen Sie sich und entschuldigen Sie mich bitte einen Augenblick.«

Er wollte sie selbst holen und stieg die steinerne Treppe mit dem schmiedeeisernen Geländer hinauf.

»Wie viele Personen kommen denn sonst zum Bridge?«, fragte Maigret leise.

»Nicht viele. Fünf oder sechs, abgesehen von der Familie.«

»Wer ist gewöhnlich im Salon, wenn du kommst?«

Jemand kam lautlos herein. Chabot nickte gezwungen. Es war Doktor Alain Vernoux. Er hatte sich nicht umgezogen und trug denselben schlecht gebügelten Anzug wie am Morgen.

»Sie sind allein?«

»Ihr Vater ist eben hinaufgegangen.«

»Ich bin ihm auf der Treppe begegnet. Und die Damen?«

»Ich glaube, er holt sie.«

»Sonst kommt wohl niemand?«

Alain deutete mit dem Kopf auf die schweren Vorhänge vor den Fenstern.

»Haben Sie gesehen?«

Und da er wusste, dass sie verstanden hatten, was er meinte, fügte er hinzu:

»Sie überwachen das Haus. An der Hintertür, die auf die Gasse geht, muss auch jemand Wache stehen. Das ist sehr gut.«

»Warum?«

»Weil man es dann niemandem aus dem Haus anhängen kann, wenn wieder etwas passiert.«

»Rechnen Sie mit noch einem Verbrechen?«

»Wenn es sich um einen Irren handelt, besteht kein Grund, es bei den dreien zu belassen.«

Madame Vernoux, die Mutter des Doktors, kam endlich herein, ihr Mann folgte ihr. Sein Gesicht erschien vor Erregung rot angelaufen, als hätte er lange auf sie einreden müssen, um sie zum Herunterkommen zu bewegen. Sie war eine Frau von etwa sechzig Jahren, hatte noch braunes Haar, und um ihre Augen lagen tiefe Ringe.

»Kommissar Maigret von der Pariser Kriminalpolizei.«

Sie nickte nur flüchtig und setzte sich in einen Sessel, der ihrer zu sein schien. Im Vorbeigehen hatte sie den Richter mit einem kurzen »Bonsoir, Julien« begrüßt.

»Meine Schwägerin kommt sofort«, verkündete Hubert Vernoux. »Wir hatten vorhin für eine Weile keinen Strom. Dadurch hat sich das Abendessen verzögert. Vermutlich gab es in der ganzen Stadt einen Stromausfall.«

Er sagte das nur, um zu reden. Die Worte brauchten keinen Sinn zu ergeben. Es galt lediglich, die Leere im Raum auszufüllen.

»Zigarre, Kommissar?«

Zum zweiten Mal, seit er in Fontenay war, nahm Maigret das Angebot an, weil er sich nicht traute, seine Pfeife aus der Tasche zu ziehen.

»Kommt deine Frau nicht herunter?«

»Sie wird wahrscheinlich noch mit den Kindern zu tun haben.«

Es war offensichtlich, dass sich Isabelle Vernoux, die Mutter, erst nach langem Verhandeln bereitgefunden hatte zu erscheinen und zugleich fest entschlossen war, sich im Hintergrund zu halten. Sie hatte ihre Stickarbeit aufgenommen und beteiligte sich nicht an der Unterhaltung.

»Spielen Sie Bridge, Kommissar?«

»So leid es mir tut, Sie enttäuschen zu müssen, ich spiele überhaupt nicht. Aber es bereitet mir großes Vergnügen, der Partie zuzuschauen.«

Hubert Vernoux sah den Richter an.

»Wie wollen wir spielen? Lucile wird bestimmt teilnehmen. Dann Sie und ich, und ich nehme an, Alain …«

»Nein. Rechnet nicht mit mir.«

»Bleibt noch deine Frau. Willst du nicht einmal nachsehen, ob sie bald fertig ist?«

Es wurde allmählich peinlich. Niemand außer der Dame des Hauses setzte sich. Die Zigarre verlieh Maigret eine gewisse Haltung. Hubert Vernoux hatte sich ebenfalls eine angesteckt und füllte Cognac in die Gläser. Ob sich die drei Männer, die draußen Wache standen, wohl ausmalen konnten, wie dieser Abend verlief?

Endlich kam Lucile herunter, die zwar magerer und markanter, aber dennoch das genaue Ebenbild ihrer Schwester war. Auch sie gewährte dem Kommissar nur einen flüchtigen Blick und ging dann gleich auf die Spieltische zu.

»Fangen wir an?«, fragte sie.

Dann, vage auf Maigret deutend:

»Spielt er?«

»Nein.«

»Wer spielt denn? Warum hat man mich heruntergeholt?«

»Alain ist seine Frau holen gegangen.«

»Sie kommt nicht.«

»Warum nicht?«

»Weil sie wieder Kopfschmerzen hat. Die Kinder sind den ganzen Abend unerträglich gewesen. Die Gouvernante hat gekündigt und ist auf und davon. Jeanne muss sich jetzt um das Baby kümmern.«

Hubert Vernoux wischte sich den Schweiß von der Stirn.

»Alain wird sie schon umstimmen.«

Und an Maigret gewandt:

»Ich weiß nicht, ob Sie Kinder haben. In großen Familien ist das wahrscheinlich immer so. Jeder hat seinen eigenen Kopf, jeder beschäftigt sich mit seinen Dingen, hat seine eigenen Vorlieben …«

Er hatte recht: Alain erschien mit seiner Frau. Sie war eher gewöhnlich, ziemlich rundlich und hatte vom Weinen gerötete Augen.

»Entschuldige«, sagte sie zu ihrem Schwiegervater. »Die Kinder haben mich nicht einen Augenblick in Ruhe gelassen.«

»Die Gouvernante ist ja …«

»Wir sprechen morgen darüber.«

»Kommissar Maigret.«

»Sehr erfreut.«

Sie reichte ihm die Hand, schlaff und ohne Wärme.

»Spielen wir?«

»Ja.«

»Wer spielt?«

»Wollen Sie sich wirklich nicht am Spiel beteiligen, Kommissar?«

»Nein, wirklich nicht.«

Julien Chabot, als Freund des Hauses, hatte sich bereits gesetzt, mischte die Karten und legte sie in der Mitte der grünen Tischauflage aus.

»Sie beginnen, Lucile.«

Sie deckte einen König auf, ihr Schwager einen Buben, der Richter eine Drei und Alains Frau eine Sieben.

»Es kann losgehen.«

Es hatte fast eine halbe Stunde gedauert, aber jetzt war es endlich so weit. Isabelle Vernoux saß in ihrer Ecke, als ob sie das alles nichts anginge. Maigret hatte sich hinter Hubert Vernoux gesetzt und konnte so dessen Spiel und zugleich das der Schwiegertochter verfolgen.

»Passe.«

»Ein Kreuz.«

»Passe.«

»Ein Herz.«

Der Doktor stand noch immer da, als wüsste er nicht, wohin er sich setzen sollte. Alle waren sie zum

Dienst abkommandiert worden. Hubert Vernoux hatte sie, beinahe gewaltsam, zusammengetrommelt, um, vielleicht mit Rücksicht auf den Kommissar, den Anschein zu erwecken, als ginge alles im Haus seinen geregelten Gang.

»Nun, Hubert?«

Seine Schwägerin, die seine Partnerin war, rief ihn zur Ordnung.

»Pardon! ... Zwei Kreuz.«

»Müsstest du nicht drei ansagen? Ich habe ein Herz auf dein Kreuz angesagt, das bedeutet, dass ich mindestens zweieinhalb Honneurs habe ...«

Von diesem Augenblick an begann Maigret, sich leidenschaftlich für das Spiel zu interessieren. Nicht für das Spiel an sich, sondern für das, was es über den Charakter der Spieler preisgab.

Sein Freund Chabot zum Beispiel spielte mit der Vorhersehbarkeit eines Metronoms. Seine Ansagen waren genauso, wie sie sein mussten, nicht kühn, aber auch nicht ängstlich. Er spielte ruhig und überlegt und warf nicht einen prüfenden Blick auf seine Partnerin. Lediglich ein leiser Schatten von Ärger huschte dann über sein Gesicht, wenn sie ihn nicht korrekt bediente.

»Ich bitte Sie um Verzeihung. Ich hätte drei Pik ansagen müssen.«

»Das ist nicht weiter schlimm. Sie konnten ja nicht wissen, was ich auf der Hand habe.«

In der dritten Runde gelang ihm ein Kleinschlemm, und er entschuldigte sich:

»Das war zu leicht. Ich hatte ihn in meinem Spiel.«

Die junge Frau war zerstreut, versuchte, sich zu konzentrieren, und wenn sie noch alle Karten auf der Hand hatte, blickte sie beinahe Hilfe suchend um sich. Ein paarmal drehte sie sich zu Maigret um, mit fragendem Blick, und zeigte auf eine Karte.

Sie machte sich nichts aus Bridge, war nur da, weil man einen vierten Spieler brauchte. Lucile dagegen beherrschte den Tisch mit ihrer Persönlichkeit. Nach jedem Stich verbreitete sie sich über das Spiel und gab süßsaure Kommentare ab.

»Da Jeanne zwei Herzen angesagt hat, hättest du wissen müssen, wie du sie kriegen kannst. Sie hatte natürlich die Herzdame.«

Sie hatte übrigens recht. Sie hatte immer recht. Ihre kleinen schwarzen Augen schienen durch die Karten hindurchzusehen.

»Was hast du heute, Hubert?«

»Aber …«

»Du spielst wie ein Anfänger. Du achtest gerade noch auf die Ansagen. Wir hätten die Partie mit drei Sans-Atout gewinnen können, und du verlangst viermal Kreuz und gehst leer aus.«

»Ich habe darauf gewartet, dass du ansagst …«

»Ich brauchte dir nichts von meinen Karos zu sagen. Du hättest …«

Hubert Vernoux versuchte, die Partie wieder auszugleichen. Er war wie jene Roulettespieler, die, wenn sie erst einmal verlieren, sich an die Hoffnung klammern, das Schicksal werde sich von einem Augenblick zum anderen wenden, und auf alle möglichen Zahlen setzen, um entsetzt zusehen zu müssen, wie genau die Zahl erscheint, von der er kurz zuvor abgewichen ist.

Fast immer sagte er mehr an, als er auf der Hand hatte, rechnete dabei mit den Karten seiner Partnerin und biss, wenn er sie von ihr nicht bekam, nervös auf seiner Zigarre herum.

»Ich versichere dir, Lucile, dass es vollkommen richtig war, zu Beginn zwei Pik anzusagen.«

»Nur hattest du weder das Pikass noch das Karoass.«

»Aber ich hatte …«

Er zählte seine Karten auf, und das Blut stieg ihm zu Kopf, während sie ihn eisig musterte.

Um sich wieder ins Spiel zu bringen, sagte er immer waghalsiger an, bis er schließlich nicht mehr Bridge spielte, sondern pokerte.

Alain hatte seiner Mutter einen Augenblick Gesellschaft geleistet. Dann kehrte er wieder zurück, stellte sich hinter die Spieler und blickte mit seinen durch die Brillengläser groß und trüb erscheinenden Augen gelangweilt auf die Karten.

»Verstehen Sie etwas davon, Kommissar?«

»Ich kenne die Regeln. Ich vermag der Partie zu folgen, kann aber nicht spielen.«

»Interessiert Sie das?«

»Sehr.«

Er beobachtete den Kommissar aufmerksam, schien zu bemerken, dass Maigrets Interesse eher dem Verhalten der Spieler als den Karten galt, und betrachtete seine Tante und seinen Vater mit Verdruss.

Chabot und Alains Frau gewannen den ersten Robber.

»Wechseln wir?«, fragte Lucile.

»Oder wir nehmen Revanche.«

»Ich möchte lieber den Partner wechseln.«

Das war ein Fehler von ihr. Sie spielte jetzt mit Chabot, der nichts falsch machte und den sie darum auch nicht mit Vorwürfen überschütten konnte. Jeanne spielte schlecht. Aber vielleicht weil sie regelmäßig zu niedrig ansagte, gewann Hubert Vernoux die beiden Partien Stich für Stich.

»Das war nichts weiter als Glück.«

Das stimmte nicht ganz. Er hatte zwar gute Karten gehabt, aber hätte er nicht so kühn angesagt, hätte er nicht gewonnen, denn von den Karten seiner Partnerin hatte er sich nichts erhoffen können.

»Spielen wir weiter?«

»Noch eine Runde.«

Diesmal spielten Vernoux und der Richter und die

beiden Frauen zusammen. Die Männer gewannen, sodass Vernoux zwei von drei Partien für sich entschied.

Er schien sehr erleichtert darüber, als ob diese Partie für ihn von großer Bedeutung gewesen wäre. Er wischte sich die Stirn, goss sich etwas zu trinken ein und brachte auch Maigret ein Glas.

»Wie Sie sehen, bin ich trotz allem, was meine Schwägerin behauptet, gar nicht so leichtsinnig. Sie versteht nicht, dass man das Spiel schon halb gewonnen hat, wenn es einem gelingt, die Gedanken des Gegners zu lesen, ganz gleich, welche Karten man auf der Hand hat. So ist es auch, wenn man einen Bauernhof oder ein Grundstück verkauft. Man braucht nur zu wissen, was der Käufer denkt, und …«

»Ich bitte dich, Hubert.«

»Was ist denn?«

»Du willst doch hier nicht über Geschäftliches sprechen.«

»Ich bitte um Verzeihung. Ich hatte ganz vergessen, dass die Frauen zwar wollen, dass man Geld verdient, aber lieber nichts davon wissen möchten, wie man es verdient.«

Auch diese Bemerkung war leichtsinnig. Seine Frau, die ein Stück entfernt in ihrem Sessel saß, rief ihn zur Ordnung.

»Hast du getrunken?«

Maigret hatte ihn drei oder vier Cognacs trinken sehen. Die Art, wie Vernoux hastig und verstohlen sein Glas füllte, in der Hoffnung, dass seine Frau und seine Schwägerin es nicht bemerkten, hatte den Kommissar überrascht. Er leerte sein Glas in einem Zug und schenkte dann aus Höflichkeit Maigret nach.

»Ich habe genau zwei Gläser getrunken.«

»Sie sind dir zu Kopf gestiegen.«

»Ich glaube«, sagte Chabot, während er sich erhob und seine Uhr aus der Tasche zog, »es ist Zeit, dass wir gehen.«

»Es ist nicht einmal halb elf.«

»Sie vergessen, dass ich viel Arbeit habe, und mein Freund Maigret wird auch langsam müde sein.«

Alain schien enttäuscht. Maigret hätte schwören mögen, dass der Arzt den ganzen Abend um ihn herumgestrichen war, in der Hoffnung, ihn beiseitenehmen zu können.

Die anderen hielten sie nicht auf. Hubert Vernoux traute sich nicht, sie zu bitten, noch zu bleiben. Was würde geschehen, wenn sie gegangen waren und er mit den drei Frauen zurückblieb? Denn Alain zählte nicht. Das war deutlich zu spüren. Niemand hatte sich um ihn gekümmert. Er würde gewiss in sein Schlaf- oder Arbeitszimmer hinaufgehen. Seine Frau gehörte enger zur Familie als er selbst.

Im Grunde war es eine Frauenfamilie, fiel Maigret

plötzlich auf. Sie hatten Hubert Vernoux erlaubt, Bridge zu spielen, unter der Bedingung, dass er sich anständig verhielt, und ihn überwacht wie ein Kind.

Rührte es daher, dass er sich außerhalb des Hauses so verzweifelt an die Rolle klammerte, die er sich auf den Leib geschneidert hatte, den soignierten Mann, der auf seine äußerliche Erscheinung sorgfältig bedacht ist?

Wer weiß? Vielleicht hatte er sie vorhin, als er hinaufgegangen war, um sie zu holen, angefleht, nett zu ihm zu sein, ihn die Rolle des Hausherrn spielen zu lassen, ohne ihn durch ihre Bemerkungen zu demütigen.

Er schielte nach der Cognacflasche.

»Noch ein letztes Glas, Kommissar, ein *nightcap*, wie es die Engländer nennen?«

Obwohl Maigret kein Verlangen danach hatte, sagte er Ja, um ihm die Gelegenheit zu geben, noch eins zu trinken. Als Vernoux das Glas an die Lippen führte, fing der Kommissar den starren Blick seiner Frau auf, sah seine Hand zögern und widerwillig das Glas abstellen.

Als Alain den Richter und den Kommissar zur Tür führte, wo der Diener sie bereits mit Mänteln und Hüten erwartete, murmelte er:

»Ich überlege, ob ich Sie nicht noch ein Stück begleiten sollte.«

Die erstaunten Gesichter der Frauen schienen ihm

gleichgültig zu sein. Seine eigene wandte nichts dagegen ein. Es interessierte sie offensichtlich nicht, ob er ging oder blieb, er nahm in ihrem Leben einen sehr bescheidenen Platz ein. Sie war zu ihrer Schwiegermutter gegangen, deren Handarbeit sie mit einem bewundernden Nicken lobte.

»Es stört Sie doch hoffentlich nicht, Kommissar?«

»Keineswegs.«

Die Nachtluft war kühl, aber es war eine andere Kühle als die der Nächte zuvor, und man hatte Lust, sich die Lungen zu füllen und die Sterne zu grüßen, die nach so langer Zeit wieder zum Vorschein gekommen waren.

Die drei Männer mit den Armbinden standen immer noch vor dem Haus, traten diesmal aber einen Schritt zurück, um sie vorbeizulassen. Alain hatte keinen Mantel angezogen. Im Vorbeigehen hatte er sich vom Garderobenständer einen weichen Filzhut gegriffen, der durch den Regen seine Form verloren hatte.

Wie er so ging, leicht nach vorn gebeugt, die Hände in den Taschen, wirkte er eher wie ein Student im letzten Semester als wie ein Ehemann und Familienvater.

In der Rue Rabelais konnten sie nicht sprechen, denn die Stimmen hallten laut wider, und sie waren sich der Anwesenheit der drei Männer hinter ihnen bewusst. Alain zuckte zusammen, als er den Mann streifte, der an der Ecke der Place Viète Wache stand und den er im Dunkeln nicht bemerkt hatte.

»Sie haben sich wohl über die ganze Stadt verteilt?«, flüsterte er.

»Bestimmt. Sie werden einander ablösen.«

Nur wenige Fenster waren noch erleuchtet. Die Leute gingen früh schlafen. In der Ferne, am Ende der Rue de la République sah man die Lichter des Café de la Poste, das noch geöffnet hatte, und zwei oder drei einsame Fußgänger, die nacheinander aus dem Blickfeld verschwanden.

Als sie das Haus des Richters erreichten, hatten sie noch keine zehn Sätze gewechselt. Chabot murmelte eher widerwillig: »Kommt ihr mit hinein?«

»Nein«, erwiderte Maigret. »Wir wecken nur deine Mutter auf.«

»Sie schläft nicht. Sie geht nie zu Bett, ehe ich zurück bin.«

»Wir sehen uns morgen früh.«

»Hier?«

»Ich komme zu dir ins Büro.«

»Bevor ich schlafen gehe, muss ich noch einige Telefongespräche führen. Vielleicht gibt es etwas Neues.«

»Bonsoir, Chabot.«

»Bonsoir, Maigret. Bonsoir, Alain.«

Sie gaben sich die Hände. Chabot öffnete die Tür, und kurz darauf fiel sie wieder ins Schloss.

»Darf ich Sie bis zum Hotel begleiten?«

Sie waren jetzt ganz allein auf der Straße. Für einen Augenblick glaubte Maigret, der Arzt zöge eine Hand aus der Tasche und schlüge ihm mit einem harten Gegenstand, einem Stück Bleirohr oder einer Zange, den Schädel ein.

»Aber bitte«, antwortete er.

Sie gingen weiter. Alain entschloss sich nicht gleich zu sprechen. Nach einer Weile fragte er:

»Wie war Ihr Eindruck?«

»Wovon?«

»Von meinem Vater?«

Was hätte Maigret darauf antworten können? Das Interessanteste daran war, dass der junge Arzt die Frage überhaupt gestellt hatte, ja, dass er nur mitgekommen war, um sie zu stellen.

»Ich glaube, er ist in seinem Leben niemals glücklich gewesen«, erwiderte der Kommissar dennoch, wenn auch ohne rechte Überzeugung.

»Gibt es überhaupt Menschen, die glücklich sind?«

»Zumindest für eine gewisse Zeit. Sind Sie unglücklich, Monsieur Vernoux?«

»Auf mich kommt es nicht an.«

»Aber Sie wollen doch auch Ihren Anteil an der Freude?«

Die großen Augen hinter den Gläsern blickten ihn fragend an.

»Was wollen Sie damit sagen?«

»Nichts. Oder, wenn Sie so wollen, dass es keine vollkommen unglücklichen Menschen gibt. Jeder klammert sich an irgendetwas und erschafft sich eine Art Glück.«

»Sind Sie sich bewusst, was das bedeutet?«

Da Maigret nicht darauf antwortete, fuhr er fort:

»Wissen Sie, dass durch diese Suche nach dem, was ich Kompensationen nennen möchte, diese Suche nach einem Glück um jeden Preis, Manien und oft auch psychische Krankheiten entstehen? Die Männer, die in diesem Augenblick im Café de la Poste trinken und Karten spielen, versuchen sich einzureden, dass ihnen das Freude bereitet.«

»Und Sie?«

»Ich verstehe Ihre Frage nicht.«

»Suchen Sie keine Kompensationen?«

Diesmal wurde Alain unruhig. Er schöpfte den Verdacht, dass Maigret mehr wusste, scheute sich aber, ihn zu fragen.

»Werden Sie heute Abend den Mut aufbringen, ins Kasernenviertel zu gehen?«, fragte ihn der Kommissar eher aus Mitleid, um ihn von seinen Zweifeln zu befreien.

»Wissen Sie davon?«

»Ja.«

»Haben Sie mit ihr gesprochen?«

»Lange.«

»Was hat sie Ihnen erzählt?«

»Alles.«

»Finden Sie, dass es unrecht von mir ist?«

»Ich verurteile Sie nicht. Sie haben von der instinktiven Suche nach Kompensationen gesprochen. Was sind denn die Kompensationen Ihres Vaters?«

Sie sprachen jetzt leiser, denn sie waren vor der offenen Tür des Hotels angelangt, in dessen Halle noch eine einzige Lampe brannte.

»Warum beantworten Sie meine Frage nicht?«

»Weil ich nicht weiß, was ich darauf antworten soll.«

»Hat er keine Abenteuer?«

»In Fontenay bestimmt nicht. Er ist hier zu bekannt, es würde sich sofort herumsprechen.«

»Und Sie? Hat es sich bereits herumgesprochen?«

»Nein. Bei mir ist das anders. Wenn mein Vater nach Paris oder Bordeaux reist, wird er wohl hier und dort etwas erleben.«

Er murmelte vor sich hin: »Armer Papa!«

Maigret sah ihn überrascht an.

»Lieben Sie Ihren Vater?«

Verschämt antwortete Alain:

»Er tut mir jedenfalls leid.«

»Ist das immer so gewesen?«

»Es ist noch schlimmer gewesen. Meine Mutter und meine Tante sind etwas friedlicher geworden.«

»Was werfen sie ihm vor?«

»Er sei kein richtiger Adeliger, er sei der Sohn

eines Viehhändlers, der sich in den Dorfkneipen betrank. Die Courçons haben ihm nie verziehen, dass sie ihn gebraucht haben, verstehen Sie? Als der alte Courçon noch lebte, war die Situation noch qualvoller, weil er viel boshafter war als seine Töchter und sein Sohn Robert. Alle Courçons werden es meinen Vater bis zu seinem Tod spüren lassen, dass sie nur von seinem Geld leben.«

»Und wie behandelt man Sie?«

»Wie einen Vernoux. Und meine Frau, deren Vater ein Baron de Cadeuil war, steht auf der Seite meiner Mutter und meiner Tante.«

»Hatten Sie die Absicht, mir das alles heute Abend zu sagen?«

»Ich weiß es nicht.«

»Wollten Sie mit mir über Ihren Vater sprechen?«

»Ich wollte wissen, was Sie von ihm denken.«

»Lag Ihnen nicht vor allem daran zu erfahren, ob ich etwas über Louise Sabati weiß?«

»Wie haben Sie das herausbekommen?«

»Durch einen anonymen Brief.«

»Weiß der Richter auch davon? Und die Polizei?«

»Sie befassen sich nicht damit.«

»Aber sie werden es tun.«

»Nur, wenn man den Mörder nicht bald findet. Ich habe den Brief in meiner Tasche. Ich habe mit Chabot nicht über meine Unterhaltung mit Louise gesprochen.«

»Warum nicht?«

»Weil ich nicht glaube, dass das beim augenblicklichen Stand der Ermittlung von Interesse ist.«

»Sie hat überhaupt nichts damit zu tun.«

»Sagen Sie mal, Monsieur Vernoux …«

»Ja?«

»Wie alt sind Sie?«

»Sechsunddreißig.«

»Wie alt waren Sie, als Sie Ihr Studium beendeten?«

»Ich habe mein Staatsexamen mit fünfundzwanzig gemacht und war dann zwei Jahre Assistenzarzt im Krankenhaus Sainte-Anne.«

»Haben Sie nie versucht, selbst für Ihren Unterhalt zu sorgen?«

Er wirkte plötzlich bedrückt.

»Warum antworten Sie nicht?«

»Ich habe nichts zu antworten. Sie würden es doch nicht verstehen.«

»Fehlt es Ihnen an Mut?«

»Ich wusste, dass Sie es so nennen würden.«

»Sie sind doch nicht nach Fontenay-le-Comte zurückgekehrt, um Ihren Vater zu beschützen?«

»Sehen Sie, das ist einfacher und komplizierter zugleich. Ich bin eines Tages gekommen, um hier ein paar Ferienwochen zu verbringen.«

»Und sind dann geblieben?«

»Ja.«

»Aus Trägheit?«

»Wenn Sie so wollen. Obwohl das nicht ganz stimmt.«

»Hatten Sie das Gefühl, dass das für Sie die einzige Möglichkeit war?«

Alain ließ das Thema fallen.

»Wie geht es Louise?«

»Wie immer, nehme ich an.«

»Macht sie sich keine Sorgen?«

»Haben Sie sie lange nicht gesehen?«

»Zwei Tage. Ich habe mich gestern Abend auf den Weg gemacht, habe dann aber doch nicht gewagt, zu ihr zu gehen. Und heute auch nicht. Wegen der Männer, die durch die Straßen patrouillieren, ist es heute Abend erst recht unmöglich. Verstehen Sie, warum die Gerüchte seit dem ersten Mord um uns kreisen?«

»Das ist ein Phänomen, das ich schon häufig beobachtet habe.«

»Warum sucht man sich gerade uns aus?«

»Wen, glauben Sie, verdächtigen die Leute? Ihren Vater oder Sie?«

»Das ist ihnen gleich, wenn es nur jemand aus der Familie ist. Meine Mutter oder meine Tante würden ihnen auch gut in den Kram passen.«

Sie mussten innehalten, denn es näherten sich Schritte. Es waren zwei Männer mit Armbinden und Knüppeln, die sie im Vorbeigehen musterten. Der eine leuchtete sie mit einer Taschenlampe an und sagte, während sie weitergingen, laut zu seinem Begleiter:

»Das ist Maigret.«

»Der andere ist der junge Vernoux.«

»Ich habe ihn erkannt.«

»Gehen Sie lieber nach Hause«, sagte der Kommissar zu Vernoux.

»Ja.«

»Und lassen Sie sich nicht auf eine Diskussion mit ihnen ein.«

»Ich danke Ihnen.«

»Wofür?«

»Nichts, schon gut.«

Er gab ihm nicht die Hand. Den Hut schief auf dem Kopf, ging er leicht gebeugt in Richtung Brücke, und die beiden Männer, die stehen geblieben waren, ließen ihn stumm passieren.

Maigret zuckte mit den Schultern, trat in die Hotelhalle und wartete, bis man ihm den Zimmerschlüssel gab. Es waren zwei weitere Briefe für ihn eingetroffen, wahrscheinlich wieder anonym, aber weder das Papier noch die Handschrift kamen ihm bekannt vor.

6

Die Messe um halb elf

Als ihm einfiel, dass Sonntag war, begann er zu trödeln. Schon vorher hatte er sich mit einem Spiel aus frühesten Kindertagen vergnügt. Manchmal spielte er dieses Spiel auch noch, wenn er neben seiner Frau im Bett lag; heimlich, damit sie es nicht merkte. Sie ließ sich täuschen und fragte, wenn sie ihm seinen Kaffee brachte:

»Was hast du geträumt?«

»Warum?«

»Du hast so selig gelächelt.«

An diesem Morgen in Fontenay spürte er, noch ehe er die Augen aufschlug, wie ein Sonnenstrahl durch seine Lider drang. Er fühlte ein Kitzeln auf der empfindlichen Haut, und mehr noch, er sah die Sonne durch die geschlossenen Lider, wahrscheinlich wegen des zirkulierenden Blutes, röter, als sie in Wirklichkeit war, glutrot, wie sonst nur auf Bildern.

Er konnte sich mit dieser Sonne eine ganze Welt erschaffen: Funkengarben, Vulkane, Kaskaden aus flüssigem Gold. Er musste nur ein wenig die Lider bewegen, wie bei einem Kaleidoskop, und durch die Wimpern schauen wie durch ein feines Gitter.

Vom Sims über seinem Fenster hörte er das Gurren der Tauben. Gleichzeitig läuteten unterschiedliche Glocken. Er stellte sich die Kirchtürme vor, die in einen gewiss makellosen blauen Himmel ragten. Er setzte sein Spiel fort, während er auf die Geräusche der Straße lauschte, und erst da erkannte er an dem Widerhall der Schritte und einer besonderen Stille, dass es Sonntag war.

Er zögerte lange, bevor er die Hand nach der Uhr auf dem Nachttisch ausstreckte. Sie zeigte halb zehn. In Paris, am Boulevard Richard-Lenoir, hatte Madame Maigret sicher schon die Fenster geöffnet – vorausgesetzt, der Frühling war dort auch endlich eingekehrt – und räumte in Morgenmantel und Pantoffeln das Schlafzimmer auf, während auf dem Herd ein Ragout garte.

Er nahm sich vor, sie anzurufen. Da es in den Zimmern kein Telefon gab, würde er später von der Telefonkabine aus telefonieren. Er drückte auf die elektrische Klingel. Das Zimmermädchen kam ihm reinlicher und heiterer vor als am Tag zuvor.

»Was darf ich Ihnen bringen?«

»Nichts, außer viel Kaffee.«

Sie sah ihn wieder auf diese neugierige Art an.

»Soll ich Ihnen ein Bad einlaufen lassen?«

»Erst wenn ich meinen Kaffee getrunken habe.«

Er zündete sich eine Pfeife an und öffnete das Fenster. Die Luft war noch kühl, und er zog seinen Morgenmantel über, aber es kündigte sich bereits die erste Wärme an. Die Fassaden der Häuser und das Straßenpflaster waren wieder trocken. Die Straße lag verlassen da. Nur hin und wieder ging eine sonntäglich herausgeputzte Familie vorüber oder eine Frau vom Land mit einem Fliederstrauß in der Hand.

Das Leben im Hotel schien sich im Zeitlupentempo abzuspielen, denn er musste lange auf seinen Kaffee warten. Auf dem Nachttisch lagen die beiden Briefe, die er am Abend zuvor bekommen hatte. Der eine war unterzeichnet. Die Schrift war deutlich, gestochen und schwarz, wie mit chinesischer Tusche geschrieben.

Wissen Sie, dass die Witwe Gibon die Hebamme ist, die Madame Vernoux von ihrem Sohn Alain entbunden hat? Vielleicht ist das nützlich.
Gruß, Anselme Remouchamps

Der zweite, anonyme Brief war mit Bleistift auf exquisitem Papier geschrieben. Das obere Stück des Bogens, wahrscheinlich der Briefkopf, war abgeschnitten.

Warum befragt man nicht die Hausangestellten? Die wissen mehr als alle anderen.

Als Maigret diese Zeilen am vergangenen Abend vor dem Zubettgehen gelesen hatte, hatte ihn das dumpfe Gefühl beschlichen, ihr Verfasser sei jener Hausangestellte, der ihn in der Rue Rabelais schweigend empfangen und ihm beim Abschied den Mantel gereicht hatte. Der braunhaarige, stämmige Mann war zwischen vierzig und fünfzig Jahre alt. Er wirkte wie der Sohn eines Bauern, der keine Lust auf Landarbeit hat und reiche Leute ebenso hasst, wie er Bauern verachtet. Es würde wahrscheinlich leicht sein, eine Schriftprobe von ihm zu erhalten. Vielleicht hatte er sogar einen Briefbogen der Vernoux' benutzt.

Das alles musste überprüft werden. In Paris wäre das einfach gewesen, aber hier ging es ihn schließlich nichts an.

Als das Mädchen endlich mit dem Kaffee eintrat, fragte er sie: »Sind Sie aus Fontenay?«

»Ich bin in der Rue des Loges geboren.«

»Kennen Sie einen gewissen Remouchamps?«

»Den Schuhmacher?«

»Sein Vorname ist Anselme.«

»Das ist der Schuhmacher, der zwei Häuser weiter als meine Mutter wohnt und auf der Nase eine Warze hat, so groß wie ein Taubenei.«

»Was für ein Mann ist das?«

»Er ist schon seit Langem Witwer. Ich kenne ihn nur als Witwer. Wenn kleine Mädchen vorbeikommen, grinst er hämisch, um ihnen Angst einzujagen.«

Sie blickte ihn überrascht an.

»Sie rauchen Ihre Pfeife vor dem Kaffee?«

»Sie können mir jetzt das Bad einlaufen lassen.«

Er ging ins Badezimmer am Ende des Flurs und träumte in dem heißen Wasser lange vor sich hin. Mehrmals öffnete er den Mund, als ob er mit seiner Frau spräche, die er, wenn er zu Hause ein Bad nahm, im Nebenzimmer auf und ab gehen hörte.

Es war Viertel nach zehn, als er hinunterging. Der Wirt stand in seiner Kochjacke hinter dem Empfang.

»Der Untersuchungsrichter hat zweimal angerufen.«

»Wann?«

»Das erste Mal kurz nach neun, und dann vor wenigen Minuten. Ich habe ihm gesagt, Sie würden bald herunterkommen.«

»Können Sie mich mit Paris verbinden?«

»Sonntags geht es schnell.«

Maigret nannte die Nummer und trat vor die Tür, um etwas Luft zu schöpfen. Heute lauerte ihm draußen niemand auf. Irgendwo in der Nähe krähte ein Hahn, und man hörte das Wasser der Vendée rauschen. Als eine alte Frau mit violettem Hut an ihm vorbeikam, hätte er schwören mögen, dass sie einen Weihrauchduft ausströmte.

Es war wirklich Sonntag.

»Hallo! Bist du's?«

»Bist du noch immer in Fontenay? Rufst du mich von Chabot aus an? Wie geht es seiner Mutter?«

Statt darauf zu antworten, fragte er:
»Wie ist das Wetter in Paris?«
»Seit gestern Mittag ist es Frühling.«
»Seit gestern Mittag?«
»Ja, gleich nach dem Mittagessen wurde es warm.«
Er hatte einen halben Tag Sonne verloren!
»Und bei dir?«
»Hier ist es auch schön.«
»Hast du dich auch nicht erkältet?«
»Ich fühle mich gut.«
»Kommst du morgen früh zurück?«
»Ich glaube schon.«
»Bist du noch nicht sicher? Ich dachte …«
»Man wird mich vielleicht noch ein paar Stunden länger hier aufhalten.«
»Warum?«
»Arbeit.«
»Du hast mir doch gesagt …«
… dass er die Tage nutzen würde, um sich etwas auszuruhen, natürlich! Aber ruhte er sich denn nicht aus?

Damit hatten sie sich fast alles gesagt. Sie wechselten noch die für ihre Telefongespräche üblichen Worte, und danach rief er Chabot an. Rose sagte ihm, der Richter sei schon um acht in sein Büro gegangen. Er rief im Gerichtsgebäude an.

»Irgendwelche Neuigkeiten?«
»Ja. Man hat die Mordwaffe gefunden. Darum

habe ich dich angerufen. Aber du hast noch geschlafen. Kannst du kommen?«

»Ich bin in wenigen Minuten da.«

»Die Türen sind abgeschlossen. Ich werde dich am Fenster erwarten und dir aufmachen.«

»Stimmt etwas nicht?«

Chabot klang bedrückt.

»Erzähle ich dir später.«

Maigret nahm sich trotz allem Zeit. Er wollte den Sonntag genießen und schlenderte langsam durch die Rue de la République. Auf der Terrasse vor dem Café de la Poste hatte man schon die Stühle und die gelben Bistrotische aufgestellt.

Zwei Häuser weiter stand die Tür der Konditorei offen, und Maigret verlangsamte seinen Schritt, um den süßen Duft zu atmen.

Die Glocken läuteten. Gegenüber Chabots Haus entstand eine gewisse Betriebsamkeit. Die Leute kamen aus der Messe. Maigret hatte das Gefühl, als verhielten sie sich ein wenig anders als an den übrigen Sonntagen. Nur wenige gingen direkt nach Hause.

Auf dem Platz standen die Leute zusammen. Sie unterhielten sich mit gesenkter Stimme. Immer wieder hielten sie inne und blickten auf die Türen, aus denen die Kirchgänger strömten. Selbst die Frauen blieben noch eine Weile stehen. In der behandschuhten Hand hielten sie ihr Messbuch mit Goldschnitt, und fast alle trugen einen hellen Frühjahrshut. Vor der Kirche stand eine große, glänzende Limousine und neben der Tür ein Chauffeur in schwarzem Anzug, in dem Maigret Vernoux' Diener erkannte.

Ließen sich die Vernoux' die vierhundert Meter bis zur Kirche immer mit dem Auto fahren? Durchaus möglich. Vielleicht gehörte es zur Tradition. Aber ebenso war es möglich, dass sie heute den Wagen genommen hatten, um nicht von Neugierigen belästigt zu werden.

Gerade verließen sie die Kirche, und Hubert Vernoux' weißer Kopf überragte alle anderen. Er ging gemäßigten Schrittes, den Hut in der Hand. Als er die Treppe erreicht hatte, erkannte Maigret neben ihm seine Frau, seine Schwägerin und seine Schwiegertochter.

Die Menge trat kaum merklich zurück. Man bildete nicht gerade Spalier, aber es entstand doch Raum um sie, und alle Blicke wandten sich ihnen zu.

Der Chauffeur öffnete die Tür. Die Frauen stiegen ein. Hubert Vernoux nahm vorn Platz, und die Limousine glitt Richtung Place Viète davon. Vielleicht hätte in diesem Augenblick ein Wort aus der Menge, ein Schrei, eine Geste genügt, um den Zorn der Leute zu entfesseln. Hätte man sich nicht vor der Kirche befunden, es wäre denkbar gewesen. Die Gesichter waren hart, und obwohl der Himmel von Wolken wie leergefegt war, lag immer noch Unruhe in der Luft. Einige grüßten den Kommissar schüchtern. Vertrauten sie ihm noch? Sie beobachteten ihn, wie er schließlich, die Pfeife im Mund und mit leicht hängenden Schultern, die Straße hinaufging.

Er ging um die Place Viète herum und bog in die Rue Rabelais ein. Auf dem Gehsteig gegenüber dem Haus der Vernoux' hielten zwei kaum zwanzigjährige Männer Wache. Sie trugen weder Armbinde noch Knüppel. Beides schien der Nachtpatrouille vorbehalten zu sein. Dennoch waren sie im Dienst und nicht wenig stolz darauf. Der eine lüftete seine Mütze, als Maigret vorbeiging, der andere nicht.

Sechs oder sieben Journalisten standen auf der Treppe vor den verschlossenen Toren des Gerichtsgebäudes. Lomel hatte sich hingesetzt und seine Fotoapparate neben sich abgelegt.

»Glauben Sie, dass man Ihnen öffnen wird?«, fragte er Maigret. »Haben Sie schon gehört?«

»Was?«

»Man scheint die Mordwaffe gefunden zu haben. Sie halten da drinnen eine große Konferenz ab.«

Die Tür öffnete sich einen Spaltbreit. Chabot bedeutete Maigret, schnell hereinzukommen, und schlug dann die Tür hastig zu, als befürchtete er eine gewaltsame Invasion der Reporter.

Die Flure waren dunkel, und die Feuchtigkeit der letzten Woche schien noch im Gemäuer zu stecken.

»Ich hätte dich gern allein gesprochen. Aber das war nicht möglich.«

Im Büro des Richters brannte Licht. Der Staatsanwalt saß weit nach hinten gelehnt auf einem Stuhl, die Zigarette im Mundwinkel. Kommissar Féron war anwesend und ebenso Inspektor Chabiron, der nicht anders konnte, als Maigret einen zugleich triumphierenden und spöttischen Blick zuzuwerfen.

Auf dem Schreibtisch entdeckte der Kommissar gleich ein etwa fünfundvierzig Zentimeter langes und vier Zentimeter dickes Bleirohr.

»Ist es das?«

Alle nickten.

»Keine Fingerabdrücke?«

»Nur Blutspuren und zwei oder drei Haare.«

Das dunkelgrün lackierte Rohr musste aus einer Küche, einem Keller oder einer Garage stammen. Die Schnittstellen waren glatt; offenbar hatte es ein Handwerker schon vor Monaten zugeschnitten, denn es war bereits angelaufen. Vermutlich hatte man einen Spülstein oder etwas Ähnliches verlegt.

Maigret wollte gerade fragen, wo man das Rohr gefunden habe, als Chabot sagte:

»Berichten Sie, Inspektor.«

Chabiron, der nur auf dieses Zeichen gewartet hatte, gab sich zurückhaltend.

»Wir in Poitiers bedienen uns noch immer der guten alten Methoden. So habe ich, nachdem ich mit meinem Kollegen alle Bewohner der Straße verhört hatte, ein bisschen in den Ecken gestöbert. Wenige

Meter von der Stelle entfernt, wo Gobillard ermordet worden ist, befindet sich ein großes Tor. Es geht auf einen Hof, der einem Pferdehändler gehört und von Ställen umgeben ist. Heute Morgen habe ich diesen Hof aus Neugier etwas näher inspiziert, und da habe ich auf dem Boden unter dem Mist gleich dieses Ding gefunden. Aller Wahrscheinlichkeit nach hat der Mörder es über die Mauer geworfen, als er Schritte hörte.«

»Wer hat es auf Fingerabdrücke untersucht?«

»Ich. Kommissar Féron hat mir dabei geholfen. Wenn wir auch keine Experten sind, sind wir doch immerhin in der Lage, Fingerabdrücke zu erkennen. Man muss davon ausgehen, dass Gobillards Mörder Handschuhe getragen hat. Was die Haare betrifft, die haben wir mit denen des Toten in der Leichenhalle verglichen.«

Befriedigt schloss er: »Identisch.«

Maigret hütete sich, eine Meinung zu äußern. Ein Schweigen setzte ein, bis der Richter sagte:

»Wir sprachen gerade darüber, was jetzt am besten zu tun sei. Diese Entdeckung scheint Emile Chalus' Aussage auf den ersten Blick zu bestätigen.«

Maigret schwieg weiterhin.

»Wäre die Mordwaffe nicht in der Nähe des Tatorts gefunden worden, hätte man noch behaupten können, dass es für den Doktor schwierig gewesen sein müsse, sie loszuwerden, bevor er ins Café de la

Poste ging, um zu telefonieren. Wie der Inspektor ganz richtig meint …«

Chabiron zog es vor, selbst zu sagen, was er meinte:

»Nehmen wir an, der Mörder hätte sich nach verübter Tat wirklich entfernt, bevor Alain Vernoux gekommen ist, wie dieser es behauptet. Es ist sein drittes Verbrechen. Die beiden anderen Male hat er die Waffe mitgenommen. Wir haben in der Rue Rabelais und in der Rue des Loges nichts gefunden, und es scheint mir klar erwiesen, dass er alle drei Male mit demselben Bleirohr zugeschlagen hat.«

Maigret hatte verstanden, zog es aber vor, ihn reden zu lassen.

»Dieses Mal hatte der Mann keinen Grund, die Mordwaffe über eine Mauer zu werfen. Er wurde nicht verfolgt. Niemand hatte ihn gesehen. Aber wenn wir annehmen, dass der Doktor der Mörder ist, dann musste er einen so kompromittierenden Gegenstand unbedingt loswerden, bevor er …«

»Aber warum sollte er selbst die Behörden benachrichtigen?«

»Weil er damit aus dem Fokus geriet. Er hat geglaubt, dass niemand denjenigen verdächtigt, der die Polizei ruft.«

Das schien logisch.

»Das ist aber noch nicht alles, wie Sie wissen.«

Er hatte die letzten Worte mit einer gewissen Verlegenheit ausgesprochen, denn wenn Maigret auch nicht sein direkter Vorgesetzter war, so war er doch ein Mann, den man nicht offen angriff.

»Erzählen Sie, Féron.«

Der Polizeikommissar, dem etwas beklommen zumute war, drückte zunächst seine Zigarette im Aschenbecher aus. Chabot machte ein düsteres Gesicht und vermied es, seinen Freund anzusehen. Nur der Staatsanwalt blickte hin und wieder auf seine Armbanduhr, ganz so, als erwarteten ihn angenehmere Dinge.

Der kleine Kommissar hustete kurz und wandte sich dann an Maigret.

»Als man mich gestern angerufen hat, um mich zu fragen, ob ich eine gewisse Sabati kenne …«

Der Kommissar begriff und bekam plötzlich Angst. Er spürte ein unangenehmes Gefühl in der Brust, und seine Pfeife schmeckte auf einmal bitter.

»… da habe ich mich natürlich gefragt, ob das etwas mit dem Fall zu tun hat. Das ist mir erst am Nachmittag wieder eingefallen. Ich hatte viel zu tun. Eigentlich wollte ich einen meiner Männer schicken, aber dann dachte ich mir, ich könnte auf dem Weg zum Abendessen selbst bei ihr vorbeischauen.«

»Waren Sie dort?«

»Ich habe erfahren, dass *Sie* bereits bei ihr gewesen sind.«

Féron senkte den Kopf. Als kostete es ihn Mühe, den Kommissar zu beschuldigen.

»Hat sie Ihnen das gesagt?«

»Nicht gleich. Erst hat sie sich geweigert, mir die Tür zu öffnen, und ich musste deutlicher werden.«

»Haben Sie ihr gedroht?«

»Ich habe ihr gesagt, dieses Spiel könne sie teuer zu stehen kommen. Da hat sie mich hineingelassen. Ich habe ihr blaues Auge gesehen und gefragt, wer das war. Eine halbe Stunde war sie stumm wie ein Fisch, hat mich verächtlich angeblickt. Da habe ich mich entschlossen, sie mit auf die Wache zu nehmen, wo man jemanden wie sie leichter zum Reden bringt.«

Maigret fühlte eine Last auf seinen Schultern, nicht nur wegen Louise Sabati und dem, was ihr geschehen war, sondern auch wegen der Haltung des Polizeikommissars. Trotz seines Zögerns und seiner scheinbaren Unterwürfigkeit war Féron im Grunde sehr stolz auf das, was er getan hatte.

Man spürte, dass er dieses einfache Mädchen, das sich nicht zu verteidigen wusste, nur allzu gern in die Mangel genommen hatte. Dabei stammte er offensichtlich selbst aus der Unterschicht. Er hatte sich seinesgleichen vorgeknöpft.

Beinahe jedes Wort, das er nun zunehmend selbstsicher von sich gab, schmerzte Maigret.

»Da sie seit mehr als acht Monaten nicht mehr arbeitet, ist sie offiziell erwerbslos. Das habe ich ihr zuerst klargemacht. Und da sie regelmäßig einen Mann empfängt, gehört sie zur Kategorie der Prostituierten. Sie hat es verstanden und Angst bekommen. Sie hat sich lange gewunden. Ich weiß nicht, wie Ihnen das gelungen ist, aber schließlich hat sie mir gestanden, Ihnen alles erzählt zu haben.«

»Was alles?«

»Ihre Beziehung zu Alain Vernoux und dass er sie in Anfällen von blinder Wut windelweich geschlagen hat.«

»Hat sie die Nacht auf der Wache zugebracht?«

»Ich habe sie heute Morgen freigelassen. Das wird ihr eine Lehre gewesen sein.«

»Hat sie ihre Aussage unterschrieben?«

»Sonst hätte ich sie nicht laufen lassen.«

Chabot warf seinem Freund einen vorwurfsvollen Blick zu. »Ich hatte von alldem keine Ahnung«, murmelte er.

Das hatte er ihnen bestimmt auch schon gesagt.

Maigret hatte ihm nichts von seinem Besuch im Kasernenviertel erzählt, und jetzt musste der Richter dieses Schweigen, das ihn selbst in Schieflage brachte, als Verrat betrachten.

Maigret blieb äußerlich ruhig. Sein Blick glitt nachdenklich über den kleinen, mickrigen Kommissar, der ein Lob zu erwarten schien.

»Ich nehme an, Sie haben aus dieser Geschichte Ihre Schlüsse gezogen.«

»Sie zeigt uns den Doktor Vernoux jedenfalls in einem neuen Licht. Heute in aller Frühe habe ich die

Nachbarinnen verhört, und sie haben mir bestätigt, dass es bei fast jedem seiner Besuche zu heftigen Szenen gekommen sei, sodass sie schon mehrmals kurz davor waren, die Polizei zu rufen.«

»Warum haben sie es nicht getan?«

»Wahrscheinlich, weil sie fanden, es gehe sie nichts an.«

Nein! Wenn die Nachbarinnen keine Anzeige erstattet hatten, dann nur darum, weil sie es als eine Genugtuung empfanden, dass die Sabati, die den ganzen Tag nichts zu tun hatte, geschlagen wurde. Und je mehr Alain sie schlug, desto zufriedener waren sie wahrscheinlich. Sie hätten Schwestern des kleinen Kommissars Féron sein können.

»Was wird jetzt aus ihr?«

»Ich habe ihr befohlen, nach Hause zu gehen und sich dem Richter zur Verfügung zu halten.«

Dieser räusperte sich nun ebenfalls.

»Fest steht, dass die beiden heutigen Entdeckungen Alain Vernoux in eine schwierige Lage bringen.«

»Was hat er gestern Abend gemacht, nachdem wir uns getrennt hatten?«

Es war Féron, der antwortete:

»Er ist nach Hause gegangen. Ich stehe mit dem Wachkomitee in Verbindung. Da wir dieses Komitee nicht verhindern konnten, hielt ich es für klug, mit ihnen zusammenzuarbeiten. Vernoux ist sofort nach Hause gegangen.«

»Geht er gewöhnlich um halb elf zur Messe?«

Diesmal antwortete Chabot:

»Er geht überhaupt nicht in die Kirche. Er ist der Einzige der Familie, der nie die Messe besucht.«

»Ist er heute früh ausgegangen?«

Féron machte eine vage Geste.

»Ich glaube nicht. Um halb zehn hatte man mir noch nichts gemeldet.«

Der Staatsanwalt, dem man seine Ungeduld ansah, ergriff endlich das Wort.

»Das führt doch zu nichts. Wir müssen vielmehr wissen, ob wir genügend Beweismaterial gegen Alain Vernoux in der Hand haben, um ihn zu verhaften.«

Er blickte den Richter fest an.

»Das betrifft Sie, Chabot. Sie müssen das entscheiden.«

Chabot wiederum blickte Maigret an, dessen Gesichtsausdruck ernst und verschlossen blieb.

Statt auf die Worte des Staatsanwalts einzugehen, hielt der Untersuchungsrichter eine kleine Rede.

»Die Situation ist folgende: Aus irgendeinem Grund hat die Öffentlichkeit von Anfang an, also seit der Ermordung seines Onkels Robert de Courçon, Alain Vernoux verdächtigt. Noch immer frage ich mich, was die Leute eigentlich dazu veranlasst hat. Alain Vernoux ist nicht beliebt. Seine Familie ist mehr oder weniger verhasst. Ich habe an die zwanzig anonyme Briefe bekommen, die auf das Haus in der

Rue Rabelais hinweisen und mich beschuldigen, die Reichen, mit denen ich gesellschaftlichen Umgang pflege, zu schonen.

Die beiden anderen Verbrechen haben diesen Verdacht nicht abgeschwächt, im Gegenteil. Seit Langem schon wird Alain Vernoux als jemand betrachtet, ›der anders ist als die anderen‹.«

Féron unterbrach ihn: »Die Aussage der Sabati …«

»Ist für ihn ebenso belastend wie Chalus' Aussage, jetzt, da die Mordwaffe gefunden wurde. Drei Morde in einer Woche, das ist viel. Nur verständlich, dass die Bevölkerung unruhig wird und sich schützen will. Bisher habe ich gezögert zu handeln, da mir die Indizien nicht ausreichend erschienen. Wie der Staatsanwalt schon sagte, trage ich eine große Verantwortung. Wenn er erst einmal verhaftet ist, wird ein Mann von Vernoux' Charakter schweigen, selbst wenn er schuldig ist.«

Er bemerkte, wie ein ironisches und zugleich bitteres Lächeln über Maigrets Lippen huschte, wurde rot und verlor den Faden.

»Es stellt sich die Frage, ob es besser ist, ihn jetzt zu verhaften oder zu warten, bis …«

Maigret konnte nicht umhin, mürrisch anzumerken: »Dafür hat man ja schon die Sabati verhaftet und die ganze Nacht festgehalten!«

Chabot setzte an, wollte auf die Bemerkung antworten, ihr wahrscheinlich entgegensetzen, dass das nicht das Gleiche sei, aber im letzten Augenblick änderte er seine Meinung.

»Heute Morgen konnten wir wegen des schönen Sonntagswetters und der Messe einer Art Waffenruhe beiwohnen. Aber bereits in diesem Augenblick wird man in den Cafés beim Aperitif wieder darüber zu reden beginnen. Spaziergänger werden absichtlich an Vernoux' Haus vorbeigehen. Die Leute wissen, dass ich gestern dort Bridge gespielt habe und der Kommissar mich begleitet hat. Es ist schwer, ihnen verständlich zu machen, dass ...«

»Verhaften Sie ihn?«, fragte der Staatsanwalt und erhob sich, um den Reden und Ausflüchten endlich ein Ende zu bereiten.

»Ich fürchte, es könnte bis zum Abend zu einem Zwischenfall mit ernsten Konsequenzen kommen. Es genügt eine Kleinigkeit: ein Junge, der eine Scheibe einwirft, oder ein Betrunkener, der vor dem Haus Beleidigungen ausstößt. Bei dem Zustand der Erregung, in dem sich die Leute befinden ...«

»Verhaften Sie ihn?«

Der Staatsanwalt suchte seinen Hut, fand ihn aber nicht. Der kleine Kommissar sagte devot:

»Sie haben ihn in Ihrem Büro gelassen. Ich werde ihn holen.«

Unterdessen wandte sich Chabot an Maigret und murmelte: »Was sagst du dazu?«

»Nichts.«

»Was würdest du an meiner Stelle …«

»Ich bin nicht an deiner Stelle.«

»Glaubst du, dass der Doktor verrückt ist?«

»Das hängt davon ab, was man unter *verrückt* versteht.«

»Dass er der Mörder ist?«

Maigret antwortete nicht und suchte ebenfalls nach seinem Hut.

»Warte einen Augenblick. Ich muss dich noch sprechen. Aber erst muss ich dies hier erledigen. Auf die Gefahr hin, dass ich mich irre.«

Er öffnete die rechte Schublade des Schreibtischs und nahm ein Formular heraus, das er auszufüllen begann, während Chabiron Maigret spöttischer anblickte als je zuvor.

Chabiron und der kleine Kommissar hatten gewonnen. Das Formular war ein Haftbefehl. Chabot zögerte noch einen Augenblick, bevor er ihn unterzeichnete und abstempelte.

Dann überlegte er, welchem der beiden Männer er den Haftbefehl aushändigen sollte. Einen solchen Fall hatte es in Fontenay noch nicht gegeben.

»Ich nehme an …«, begann er, und dann fuhr er fort: »Gehen Sie alle beide hin. Aber machen Sie es so diskret wie möglich, damit es nicht zu Unruhen kommt. Am besten nehmen Sie einen Wagen.«

»Ich bin mit meinem Wagen hier«, sagte Chabiron.

Es war ein peinlicher Moment, als ob sich alle ein

wenig schämten. Vielleicht nicht so sehr, weil sie an der Schuld des Arztes zweifelten – von der waren sie überzeugt –, sondern weil sie in ihrem Innersten wussten, dass sie aus Furcht vor der öffentlichen Meinung handelten.

»Halten Sie mich auf dem Laufenden«, murmelte der Staatsanwalt, der als Erster hinausging, und fügte hinzu: »Wenn ich nicht zu Hause bin, rufen Sie bei meinen Schwiegereltern an.«

Er wollte den restlichen Sonntag bei seiner Familie verbringen. Féron und Chabiron gingen ebenfalls hinaus. Der kleine Kommissar hatte den Haftbefehl sorgfältig gefaltet und in seine Brieftasche gesteckt.

Chabiron kam, nachdem er einen Blick durch das Flurfenster geworfen hatte, noch einmal zurück und fragte:

»Was machen wir mit den Journalisten?«

»Sagen Sie ihnen noch nichts. Fahren Sie zuerst ins Stadtzentrum, kündigen Sie ihnen an, dass ich in einer halben Stunde eine Erklärung abgeben werde, dann werden sie hierbleiben.«

»Sollen wir ihn herbringen?«

»Bringen Sie ihn ins Gefängnis. Falls die Menge versuchen sollte, ihn zu lynchen, ist er dort sicherer.«

Inzwischen war viel Zeit vergangen. Endlich waren sie allein. Chabot war nicht gerade stolz.

»Was hältst du davon?«, entschloss er sich schließlich zu fragen. »War es ein Fehler?«

»Ich habe Angst«, gestand Maigret, der mit düsterer Miene seine Pfeife rauchte.

»Wovor?«

Er antwortete nicht.

»Ich konnte nach alldem unmöglich anders handeln.«

»Ich weiß. Das ist es nicht.«

»Was ist es dann?«

Er wollte nicht zugeben, dass ihn die Haltung des kleinen Kommissars gegenüber Louise Sabati noch immer stark bedrückte.

Chabot sah auf die Uhr.

»In einer halben Stunde ist es vorbei. Dann können wir ihn verhören.«

Maigret schwieg noch immer, als hinge er Gott weiß welchen geheimnisvollen Gedanken nach.

»Warum hast du mir gestern nichts davon gesagt?«

»Von der Sabati?«

»Ja.«

»Um zu verhindern, was geschehen ist.«

»Es ist aber nun geschehen.«

»Ja. Ich habe nicht vorausgesehen, dass Féron sich selbst damit befassen würde.«

»Hast du den Brief?«

»Welchen Brief?«

»Den anonymen Brief mit dem Hinweis auf sie, den ich bekommen und dir gegeben habe. Ich muss ihn zu den Akten legen.«

Maigret kramte in seinen Taschen, fand ihn, zog ihn zerknittert und noch feucht vom Regen des Vortags heraus und ließ ihn auf den Schreibtisch fallen.

»Sieh doch mal bitte nach, ob die Journalisten hinter ihnen hergefahren sind.«

Er ging zum Fenster und schaute hinaus. Die Reporter und die Fotografen waren immer noch da und schienen auf ein großes Ereignis zu warten.

»Hast du die genaue Zeit?«

»Es ist fünf nach zwölf.«

Sie hatten die Glocken nicht läuten hören. Da alle Türen geschlossen waren, hockten sie hier wie in einem Keller, in den kein Sonnenstrahl dringt.

»Ich bin gespannt, wie er reagieren wird. Ich möchte auch gern wissen, was sein Vater …«

Das Telefon klingelte. Chabot war so erschrocken, dass er einen Augenblick innehielt, bevor er den Hörer abnahm. Schließlich murmelte er, den Blick auf Maigret gerichtet:

»Hallo …«

Er runzelte die Stirn.

»Sind Sie sicher?«

Maigret hörte eine laute Stimme aus dem Hörer dringen, verstand allerdings kein Wort. Es war Chabiron.

»Haben Sie das Haus durchsucht? Wo sind Sie im Augenblick? Gut. Ja. Bleiben Sie dort. Ich …«

Ängstlich strich er sich über den Kopf.

»Ich rufe Sie gleich zurück.«

Als er den Hörer auflegte, sagte Maigret nur:

»Verschwunden?«

»Hattest du das erwartet?«

Und da Maigret nicht antwortete, fügte er hinzu:

»Er ist gestern Abend, nachdem ihr auseinandergegangen seid, sofort nach Hause gegangen, das wissen wir. Die Nacht hat er in seinem Zimmer verbracht und sich heute früh eine Tasse Kaffee heraufbringen lassen.«

»Und die Zeitungen.«

»Sonntags erscheint bei uns keine Zeitung.«

»Mit wem hat er gesprochen?«

»Das weiß ich noch nicht. Féron und der Inspektor sind noch immer im Haus und verhören die Hausangestellten. Kurz nach zehn hat sich die ganze Familie außer Alain vom Diener mit dem Auto zur Messe fahren lassen.«

»Ich habe sie gesehen.«

»Als sie zurückgekommen sind, hat sich niemand um den Doktor gekümmert. Außer am Samstagabend lebt in diesem Haus jeder für sich. Als meine Männer eintrafen, ist ein Mädchen hinaufgegangen, um Alain zu benachrichtigen. Er war aber nicht da. Man hat im ganzen Haus nach ihm gerufen. Glaubst du, er ist geflohen?«

»Was hat der Wächter auf der Straße gesagt?«

»Féron hat ihn gefragt. Der Doktor scheint kurz

nach den anderen das Haus verlassen zu haben und ist zu Fuß in die Stadt gegangen.«

»Ist ihm niemand gefolgt? Ich dachte …«

»Ich hatte Anweisungen gegeben, ihn nicht aus den Augen zu lassen. Vielleicht hat die Polizei gedacht, am Sonntagmorgen sei das nicht notwendig. Ich weiß es nicht. Wenn man ihn nicht fasst, wird es heißen, ich hätte ihm absichtlich Zeit gelassen zu fliehen.«

»Das wird man so oder so sagen.«

»Der nächste Zug fährt erst um fünf Uhr nachmittags. Alain hat kein Auto.«

»Dann kann er also nicht weit sein.«

»Glaubst du?«

»Es würde mich nicht wundern, wenn er bei seiner Geliebten wäre. Gewöhnlich schleicht er sich nur abends im Schutz der Dunkelheit zu ihr, aber er hat sie nun seit drei Tagen nicht gesehen.«

Maigret verschwieg, dass Alain von seinem Besuch bei ihr wusste.

»Was hast du?«, fragte der Untersuchungsrichter.

»Nichts, nur Angst. Du solltest die Männer lieber dorthin schicken.«

Chabot telefonierte. Dann saßen sich die beiden schweigend gegenüber. Es herrschte Stille. Der Frühling ließ noch auf sich warten, in Chabots Büro, in dem ein grüner Lampenschirm den Männern ein kränkliches Aussehen verlieh.

7
Louises Schatz

Während sie warteten, hatte Maigret plötzlich das unangenehme Gefühl, seinen Freund wie durch ein Brennglas zu sehen. Chabot erschien ihm noch älter, noch matter als bei seiner Ankunft zwei Tage zuvor. Er hatte gerade noch so viel Energie in sich, um seine alltägliche Routine aufrechtzuerhalten, aber nun, da plötzlich eine zusätzliche Anstrengung von ihm gefordert wurde, versagte er, beschämt über seine eigene Trägheit.

Dennoch war der Kommissar davon überzeugt, dass es nicht nur eine Frage des Alters war. Chabot musste schon immer so gewesen sein. Maigret war es, der sich damals getäuscht hatte, in jener Zeit, da sie zusammen studiert und er seinen Freund beneidet hatte. Chabot war für ihn das Sinnbild eines glücklichen jungen Mannes gewesen. In Fontenay hatte ihn stets eine sich liebevoll sorgende Mutter empfangen, in einem behaglichen Haus, das eine umfängliche und solide Selbstverständlichkeit ausstrahlte. Er wusste, er würde außer diesem Haus noch zwei oder drei Höfe erben, und er bekam jeden Monat genug Geld, um auch seinen Freunden noch etwas leihen zu können.

Dreißig Jahre waren inzwischen vergangen, und aus Chabot war der geworden, der er werden musste. Heute war er es, der sich mit der Bitte um Unterstützung an Maigret wandte.

Die Minuten verstrichen. Der Richter tat, als läse er in einer Akte, aber sein Blick fuhr nicht die getippten Zeilen entlang.

Das Telefon wollte einfach nicht läuten.

Chabot zog seine Uhr aus der Tasche.

»Mit dem Wagen dauert es hin und zurück höchstens zehn Minuten. Sie müssten ...«

Es war Viertel nach zwölf. Man musste davon ausgehen, dass sich die Männer noch einige Minuten im Haus aufhielten.

»Wenn er nicht gesteht und ich in zwei oder drei Tagen keine unanfechtbaren Beweise habe, bleibt mir nichts weiter übrig, als um meine vorzeitige Pensionierung anzusuchen.«

Er hatte aus Angst vor dem Volk die Verhaftung verfügt. Und nun zitterte er vor der Reaktion der Vernoux' und ihresgleichen.

»Zwanzig nach zwölf. Wo bleiben sie nur?«

Um fünf vor halb eins erhob er sich. Er war zu nervös, um noch länger sitzen zu bleiben.

»Hast du keinen Wagen?«, fragte ihn der Kommissar.

Chabot schien verlegen.

»Ich hatte einen, um sonntags mit meiner Mutters aufs Land zu fahren.«

Es war merkwürdig, jemand vom Land sprechen zu hören, der in einer Stadt wohnte, in der fünfhundert Meter von der Hauptstraße entfernt die Kühe weideten.

»Meine Mutter geht jetzt außer zur Sonntagsmesse nicht mehr aus dem Haus. Wozu brauche ich also noch ein Auto?«

Vielleicht war er geizig geworden. Gut möglich. Aber es war nicht so sehr seine Schuld. Wenn man ein kleines Vermögen besitzt so wie er, fürchtet man immer, es zu verlieren.

Maigret hatte das Gefühl, seit seiner Ankunft in Fontenay Dinge begriffen zu haben, die ihm nie zuvor in den Sinn gekommen waren, und er machte sich nun ein ganz neues Bild von einer Kleinstadt.

»Es ist bestimmt etwas passiert.«

Die beiden Polizeibeamten waren schon mehr als zwanzig Minuten fort. Louise Sabatis zwei Zimmer zu durchsuchen, konnte nicht viel Zeit in Anspruch nehmen. Alain Vernoux war nicht der Mann, der durchs Fenster flüchtet, und man konnte sich in den Straßen des Kasernenviertels nur schwer eine Verfolgungsjagd vorstellen.

Für einen Augenblick blitzte Hoffnung auf, als sie den Motor eines Autos hörten, das die Straße heraufgefahren kam, und der Richter hielt gespannt inne, aber der Wagen fuhr weiter.

»Ich verstehe nichts mehr.«

Er zog an seinen langen, mit hellem Flaum bedeckten Fingern und blickte Maigret Hilfe suchend an, dessen Miene weiterhin nichts verriet.

Als kurz nach halb eins endlich das Telefon klingelte, stürzte sich Chabot buchstäblich auf den Apparat.

»Hallo!«, rief er.

Aber sogleich wurde er enttäuscht. Es war eine Frau, die es offenbar nicht gewohnt war zu telefonieren und so laut sprach, dass der Kommissar sie am anderen Ende des Zimmers verstehen konnte.

»Ist da der Richter?«, fragte sie.

»Untersuchungsrichter Chabot, ja. Ich höre.«

Im gleichen Ton wiederholte sie:

»Ist da der Richter?«

»Aber ja! Was wollen Sie?«

»Sind Sie der Richter?«

Und er, außer sich:

»Ja! Ich bin der Richter. Können Sie mich nicht verstehen?«

»Nein.«

»Was wollen Sie?«

Hätte sie noch einmal gefragt, ob da der Richter sei, hätte er den Apparat wahrscheinlich zu Boden geschleudert.

»Der Kommissar will, dass Sie kommen.«

»Wie?«

Man hörte sie jetzt mit jemandem in einem ganz anderen Ton sprechen:

»Ich habe es ihm gesagt. Was?«

Jemand rief:

»Legen Sie auf!«

»Was auflegen?«

Man hörte ein lautes Geräusch im Gerichtsgebäude. Chabot und Maigret spitzten die Ohren.

»Jemand klopft draußen kräftig an die Tür.«

»Komm.«

Sie liefen durch die Flure. Das Klopfen wurde lauter. Chabot zog in aller Hast den Riegel auf und drehte den Schlüssel im Schloss.

»Hat man Sie angerufen?«

Es war Lomel, mit drei oder vier seiner Kollegen. Weitere Journalisten sah man die Straße in Richtung Stadtrand hinaufgehen.

»Chabiron ist eben in seinem Wagen vorbeigefahren. Er hatte eine bewusstlose Frau bei sich. Vermutlich hat er sie ins Krankenhaus gebracht.«

Vor dem Gerichtsgebäude stand ein Auto.

»Wem gehört das?«

»Mir, oder vielmehr meiner Zeitung«, sagte ein Reporter aus Bordeaux.

»Fahren Sie uns.«

»Ins Krankenhaus?«

»Nein, fahren Sie zunächst zur Rue de la République, dort biegen Sie rechts in Richtung Kaserne ein.«

Sie drängten sich in den Wagen. Als sie an Vernoux' Haus vorbeifuhren, waren dort etwa zwanzig Menschen versammelt, die ihnen schweigend nachschauten.

»Was ist geschehen, Herr Richter?«, fragte Lomel.

»Ich weiß es nicht. Wir mussten eine Verhaftung veranlassen.«

»Der Doktor?«

Er hatte nicht den Mut, es zu leugnen oder eine geschickte Ausrede zu erfinden. Auf der Terrasse des Café de la Poste saßen einige Leute. Eine sonntäglich gekleidete Frau kam aus der Konditorei, und an einem roten Band hielt sie eine weiße Pappschachtel.

»Hier entlang?«

»Ja. Jetzt links … Warten Sie … Biegen Sie hinter diesem Haus ein.«

Man konnte es nicht übersehen. Vor dem Haus, in dem Louise wohnte, wimmelte es von Frauen und Kindern, die, kaum dass der Wagen hielt, auf ihn zustürzten. Die dicke Frau, die Maigret am Tag zuvor die Auskunft gegeben hatte, stand ganz vorne. Sie hatte die Hände in die Hüften gestemmt.

»Ich habe Sie vom Lebensmittelladen aus angerufen. Der Kommissar ist oben.«

In einem wilden Durcheinander ging der kleine

Trupp mit Maigret an der Spitze – er kannte sich hier ja bereits aus – um das Haus herum. Vor der Hintertür standen noch mehr Neugierige, ja selbst auf der Treppe, auf der der kleine Polizeikommissar oben vor der aufgebrochenen Tür Wache stand.

»Lassen Sie uns durch ... Treten Sie zur Seite ...«

Féron machte einen völlig verstörten Eindruck, die Haare hingen ihm in die Stirn. Er hatte seinen Hut irgendwo verloren und schien erleichtert, dass man ihm zu Hilfe kam.

»Haben Sie das Kommissariat benachrichtigt, dass man mir Verstärkung schickt?«

»Ich wusste nicht, dass ...«, begann der Richter.

»Ich hatte der Frau aufgetragen, es Ihnen zu sagen ...«

Die Journalisten versuchten zu fotografieren. Ein Baby weinte. Chabot, den Maigret hatte vorgehen lassen, erklomm die letzten Stufen und fragte:

»Was ist los?«

»Er ist tot.«

Er stieß die Tür auf, deren Füllung zum Teil zersplittert war.

»Im Schlafzimmer.«

Eine große Unordnung herrschte in dem Zimmer. Durch das offene Fenster kamen die Sonne und die Fliegen herein. Doktor Vernoux lag angezogen auf dem ungemachten Bett. Seine Brille war auf das Kissen gerutscht und sein Gesicht völlig bleich.

»Berichten Sie, Féron.«

»Es gibt nichts zu berichten. Wir sind hierhergekommen, der Inspektor und ich, und haben angeklopft. Da niemand aufmachte, habe ich die üblichen Aufforderungen gerufen. Chabiron hat zwei- oder dreimal mit der Schulter die Tür gerammt. Wir haben ihn so gefunden, wie er jetzt daliegt. Ich habe seinen Puls gefühlt. Er schlägt nicht mehr. Ich habe ihm einen Spiegel vor den Mund gehalten.«

»Und das Mädchen?«

»Sie lag am Boden, als ob sie vom Bett gerutscht wäre, und hatte sich übergeben.«

Sie standen alle in dem Erbrochenen.

»Sie rührte sich nicht mehr, aber sie war nicht tot. Im Haus ist kein Telefon, und ich konnte nicht durch das ganze Viertel laufen, um einen Apparat zu suchen. Chabiron hat sie sich über die Schulter gelegt und ins Krankenhaus gefahren. Etwas anderes war nicht zu machen.«

»Sind Sie sicher, dass sie noch atmete?«

»Ja, und aus ihrer Kehle drang ein seltsames Röcheln.«

Die Journalisten machten noch immer Aufnahmen. Lomel schrieb etwas in ein kleines rotes Notizbuch.

»Das ganze Haus ist mir auf den Pelz gerückt. Ein paar Kindern ist es sogar gelungen, sich in das Zimmer zu schleichen. Darum konnte ich nicht weg. Um Sie zu benachrichtigen, habe ich die Frau, die hier so eine Art Concierge zu sein scheint, losgeschickt und ihr aufgetragen, Ihnen zu sagen ...«

Er deutete auf die Unordnung ringsherum und setzte hinzu: »Ich habe nicht einmal einen Blick in die Wohnung werfen können.«

Einer der Journalisten reichte dem Richter ein leeres Veronalröhrchen.

»Das habe ich jedenfalls gefunden.«

Es erklärte alles. Bei Alain Vernoux handelte es sich offensichtlich um Selbstmord.

Hatte er Louise überzeugt, mit ihm aus dem Leben zu scheiden? Hatte er ihr das Schlafmittel verabreicht, ohne etwas zu sagen?

In der Küche stand noch eine Tasse mit etwas Milchkaffee, und neben einem Stück Käse lag eine Scheibe Brot, von der Louise ein Stück abgebissen hatte.

Sie stand immer spät auf. Als Alain Vernoux gekommen war, hatte sie zweifellos gerade beim Frühstück gesessen.

»War sie angezogen?«

»Sie hatte nur ein Hemd an. Chabiron hat sie in eine Decke gewickelt und hinuntergetragen.«

»Haben die Nachbarn keinen Streit gehört?«

»Ich habe sie noch nicht befragen können. Die Gören drängen sich vor, und die Mütter kümmern sich nicht darum. Hören Sie sich doch den Lärm an!«

Einer der Journalisten lehnte sich mit dem Rücken

an die Tür, die nicht mehr schloss, um zu verhindern, dass sie von außen aufgestoßen wurde.

Julien Chabot ging auf und ab, als befände er sich in einem Albtraum, wie jemand, dem die Situation über den Kopf wächst.

Zwei- oder dreimal ging er auf die Leiche zu, ehe er sich traute, das herabhängende Handgelenk zu berühren.

Mehrmals wiederholte er, weil er entweder vergessen hatte, dass er es bereits gesagt hatte, oder um sich selbst zu überzeugen:

»Es ist ohne Zweifel Selbstmord.«

Dann fragte er:

»Sollte Chabiron nicht zurückkommen?«

»Ich nehme an, er bleibt dort, um das Mädchen zu verhören, wenn es wieder zu sich kommt. Man müsste das Kommissariat benachrichtigen. Chabiron hat mir versprochen, einen Arzt zu schicken …«

In diesem Augenblick klopfte es an die Tür. Es war ein junger Assistenzarzt, der sofort auf das Bett zuging.

»Tot?«

Er nickte.

»Und das Mädchen, das man zu Ihnen gebracht hat?«

»Wir kümmern uns um sie. Sie hat gute Chancen durchzukommen.«

Er betrachtete das Glasröhrchen, zuckte mit den Schultern und murmelte:

»Immer dasselbe.«

»Wie kommt es, dass er tot ist, während sie …«

Er deutete auf das Erbrochene auf dem Fußboden.

Einer der Reporter, der, ohne dass es jemand bemerkt hatte, verschwunden war, kehrte in das Zimmer zurück.

»Es hat keinen Streit gegeben«, sagte er. »Ich habe die Nachbarinnen gefragt. Da heute Morgen die meisten Fenster offen standen, hätten sie es sicher gehört.«

Lomel wühlte schamlos in allen Schubladen. Sie enthielten aber nichts Besonderes, nur Wäsche, billige Kleidungsstücke, wertlose Dinge. Dann bückte er sich, um unter das Bett zu schauen, und Maigret sah, wie er sich auf den Boden legte, die Hand ausstreckte und einen mit blauem Band verschnürten Schuhkarton hervorholte.

Lomel zog sich mit seiner Beute in eine Ecke zurück, woran ihn in dem Durcheinander niemand hinderte.

Nur Maigret ging auf ihn zu.

»Was ist das?«

»Briefe.«

Der Karton war bis an den Rand gefüllt, nicht nur mit Briefen, sondern auch mit hastig beschriebenen Zetteln. Louise Sabati hatte alles aufbewahrt, vielleicht, nein bestimmt ohne dass ihr Geliebter davon wusste, sonst hätte sie die Schachtel nicht unter dem Bett versteckt.

»Lassen Sie mal sehen.«

Lomel schien die Briefe geradezu andächtig zu lesen. Mit brüchiger Stimme sagte er:

»Es sind Liebesbriefe.«

Endlich war auch der Richter darauf aufmerksam geworden.

»Briefe?«

»Liebesbriefe.«

»Von wem?«

»Von Alain. Die meisten sind mit seinem Vornamen, manche aber auch nur mit seinen Anfangsbuchstaben unterschrieben.«

Maigret, der zwei oder drei Briefe gelesen hatte, hätte gern verhindert, dass sie von Hand zu Hand gereicht wurden. Es waren wahrscheinlich die rührendsten Liebesbriefe, die er je gelesen hatte. Der Doktor hatte sie mit der ungestümen Leidenschaft und bisweilen der Naivität eines Zwanzigjährigen geschrieben.

Er nannte Louise *Mein Kleines* oder auch *Mein armes kleines Mädchen*. Und er schrieb ihr, wie es alle Liebenden tun, dass er sich Tag und Nacht nach ihr sehne. Ohne sie sei das Leben leer, und er komme sich zu Hause wie eine Hornisse vor, die immerzu gegen die Wände stoße. Wie glücklich wäre er gewesen, hätte er sie früher kennengelernt, ehe ein Mann sie berührt hatte, und er gestand ihr, wie rasend es ihn machte, wenn er abends allein in seinem Bett liege und an die Zärtlichkeiten denke, die sie von anderen empfangen habe.

Manchmal schrieb er ihr wie einem unmündigen Kind, und dann wieder ließ er sich hinreißen zu Ausbrüchen des Hasses und der Verzweiflung.

»Messieurs …«, begann Maigret mit trockener Kehle.

Aber man achtete nicht auf ihn. Was ging ihn das alles an?

Chabot las mit vor Aufregung geröteten Wangen und mit beschlagenen Brillengläsern in den Briefen.

Ich habe dich vor einer halben Stunde verlassen und bin in mein Gefängnis zurückgekehrt. Es verlangt mich, wenigstens in Gedanken wieder bei dir zu sein …

Er kannte sie seit kaum acht Monaten. Aber es waren fast zweihundert Briefe; an manchen Tagen hatte er ihr drei nacheinander geschrieben. Auf einigen war keine Briefmarke. Er schien sie ihr gebracht zu haben.

Wenn ich ein Mann wäre …

Maigret atmete auf, als er die Polizeibeamten kommen hörte, die die Frauen und Kinder zurückdrängten.

»Am besten du nimmst die Briefe mit«, flüsterte er seinem Freund zu.

Man musste sie ringsum wieder einsammeln. Jene, die sie zurückgaben, wirkten verlegen. Alle zögerten nun, sich dem Bett zuzuwenden, und wenn doch jemand einen Blick auf die ausgestreckte Leiche warf, dann nur verstohlen, als wollte er sich dafür entschuldigen.

Wie er dort lag, ohne Brille, mit entspanntem, fast heiterem Gesicht, wirkte Alain Vernoux mindestens zehn Jahre jünger.

»Meine Mutter macht sich bestimmt Sorgen …«, bemerkte Chabot, während er auf seine Uhr blickte.

Er vergaß das Haus in der Rue Rabelais, in dem es eine ganze Familie gab, Vater, Mutter, Frau und Kinder, die benachrichtigt werden musste. Maigret erinnerte ihn daran.

»Ich möchte nicht gern selbst hingehen«, murmelte der Richter.

Der Kommissar wagte nicht, sich anzubieten. Vielleicht wagte auch sein Freund nicht, ihn darum zu bitten.

»Ich werde Féron hinschicken.«

»Wohin?«, fragte Féron.

»In die Rue Rabelais, um sie zu benachrichtigen. Sprechen Sie zuerst mit seinem Vater.«

»Was soll ich ihm sagen?«

»Die Wahrheit.«

Der kleine Kommissar brummte:
»Ein hübscher Auftrag.«
Hier gab es nichts mehr zu tun. In der Wohnung eines armen Mädchens, dessen einziger Schatz ein Karton voller Briefe war, würde man nichts weiter finden. Wahrscheinlich hatte sie die Briefe nicht alle verstanden. Aber darauf kam es nicht an.
»Kommst du, Maigret?«
Und zu dem Arzt sagte er: »Kümmern Sie sich um den Abtransport der Leiche?«
»Soll sie in die Leichenhalle gebracht werden?«
»Eine Autopsie wird notwendig sein. Ich wüsste nicht, wie …«
Er wandte sich an die beiden Polizisten.
»Lassen Sie niemanden herein.«
Dann stieg er mit dem Karton unter dem Arm die Treppe hinunter und musste sich unten durch die Menschenmenge drängen. Er hatte vergessen, dass sie einen Wagen brauchten, denn sie befanden sich am anderen Ende der Stadt. Doch schon stürzte der Journalist aus Bordeaux auf sie zu.
»Wohin soll ich Sie fahren?«
»Nach Hause.«
»In die Rue Clémenceau?«
Während der Fahrt sprachen sie kaum ein Wort miteinander. Erst hundert Meter vor seinem Haus murmelte Chabot:
»Damit wird der Fall wohl erledigt sein.«

Er schien selbst nicht recht daran zu glauben und musterte Maigret verstohlen. Maigret jedoch schwieg, sagte weder Ja noch Nein.

»Ich wüsste nicht, warum er, wenn er unschuldig gewesen wäre …«

Er verstummte, denn seine Mutter, die ihn schon sehnsüchtig erwartet hatte, stand, kaum dass sie das Auto gehört hatte, bereits in der Tür.

»Ich war schon in Sorge darüber, was geschehen sein könnte. Ich habe Leute vorbeilaufen sehen, als ob irgendetwas passiert wäre.«

Er bedankte sich bei dem Reporter und hielt es für seine Pflicht, ihn einzuladen.

»Darf ich Ihnen noch ein Glas anbieten?«

»Danke. Ich muss dringend mit der Redaktion telefonieren.«

»Der Braten wird schon ganz verkocht sein. Ich hatte euch um halb eins erwartet. Du siehst müde aus, Julien. Finden Sie nicht auch, Jules, dass er schlecht aussieht?«

»Lass uns bitte einen Augenblick allein, Maman.«

»Wollt ihr nichts essen?«

»Gleich.«

Sie wandte sich an Maigret.

»Es ist doch nichts Schlimmes passiert?«

»Nichts, worüber Sie sich sorgen müssten.«

Er hielt es für richtig, ihr die Wahrheit zu sagen, zumindest einen Teil der Wahrheit.

»Alain Vernoux hat sich das Leben genommen.«

Sie erwiderte nur:

»Ach!«

Dann schüttelte sie den Kopf und ging in die Küche.

»Lass uns ins Arbeitszimmer gehen. Falls du keinen Hunger hast.«

»Nein.«

»Bedien dich.«

Er hätte gern ein Glas Bier getrunken, aber er wusste, dass es das in diesem Haus nicht gab. Er stöberte in dem Likörschrank und holte eine Flasche Pernod hervor.

»Rose wird dir Wasser und Eis bringen.«

Chabot hatte sich in seinen Sessel fallen lassen, auf dessen lederner Rückenlehne sich noch der dunkle Fleck vom Kopf seines Vaters abzeichnete. Der Schuhkarton stand auf dem Schreibtisch und war wieder mit dem blauen Band verschnürt.

Den Richter dürstete es danach, beruhigt zu werden. Er war mit seinen Nerven am Ende.

»Warum trinkst du nicht auch etwas?«

An dem Blick, den Chabot zur Tür warf, erkannte Maigret, dass er auf das Drängen seiner Mutter nicht mehr trank.

»Ich möchte lieber nicht.«

»Wie du willst.«

Trotz der frühlingshaften Temperatur brannte ein

Feuer im Kamin, und Maigret, dem es zu warm war, rückte ein Stück weg.

»Was denkst du?«

»Worüber?«

»Über das, was er getan hat. Wenn er unschuldig war, warum hat er sich dann …«

»Du hast doch ein paar Briefe gelesen, oder nicht?«

Chabot senkte den Kopf.

»Kommissar Féron ist gestern in Louises Wohnung eingedrungen, hat sie verhört, mitgenommen auf die Wache und die ganze Nacht in die Zelle gesperrt.«

»Er hat das ohne meine Anweisung getan.«

»Ich weiß. Aber er hat es nun einmal getan. Heute Morgen ist Alain gleich zu ihr geeilt und hat alles erfahren.«

»Ich weiß nicht, worauf du hinauswillst.«

Er spürte es sehr deutlich, wollte es aber nicht zugeben.

»Glaubst du, dass aus diesem Grund …?«

»Ich glaube, das hat ausgereicht. Morgen hätte es die ganze Stadt gewusst. Féron hätte dem Mädchen vermutlich weiter zugesetzt, und es wäre schließlich wegen Prostitution verurteilt worden.«

»Das war dumm von ihm. So etwas ist doch kein Grund, sich das Leben zu nehmen.«

»Das kommt auf den Menschen an.«

»Du glaubst, dass er unschuldig war.«

»Und du?«

»Ich glaube, alle werden ihn für schuldig halten und damit zufrieden sein.«

Maigret blickte ihn überrascht an.

»Soll das heißen, dass du den Fall zu den Akten legen willst?«

»Ich weiß es nicht. Ich weiß überhaupt nichts mehr.«

»Erinnerst du dich an das, was Alain uns gesagt hat?«

»In welchem Zusammenhang?«

»Dass ein Irrer seiner Logik folgt. Ein Geisteskranker, dem man sein Leben lang nichts angemerkt hat, tötet nicht plötzlich ohne Grund. Er muss zumindest durch irgendetwas dazu provoziert werden. Er braucht einen Grund, der einem gesunden Menschen nicht ausreichend erscheinen mag, ihm aber durchaus. Das erste Opfer war Robert de Courçon, und in meinen Augen ist dies der Mord, auf den es hier ankommt, weil nur er uns einen Hinweis liefern kann. Auch Gerüchte entstehen nicht einfach so.«

»Du gibst etwas auf die Meinung der Leute?«

»Die Stimme des Volkes kann sich irren. Aber im Laufe der Jahre habe ich fast immer feststellen können, dass solche Gerüchte eine Grundlage haben. Man könnte sagen, die Masse hat einen Instinkt …«

»Sodass also Alain …«

»So weit bin ich noch nicht. Als Robert de

Courçon ermordet worden ist, hat die Bevölkerung die beiden Häuser in der Rue Rabelais miteinander in Verbindung gebracht, und zu dem Zeitpunkt war noch nicht die Rede von Wahnsinn. Der Mord an Courçon muss nicht unbedingt die Tat eines Geisteskranken oder Anomalen gewesen sein. Jemand hätte sich aus sehr bestimmten Gründen zu dem Mord entschließen oder ihn in einem Anfall von Zorn verüben können.«

»Sprich weiter.«

Chabot hatte aufgehört zu kämpfen. Maigret hätte ihm alles erzählen können, Chabot hätte zugestimmt. Er hatte das Gefühl, dass es um seine Karriere, ja um sein ganzes Leben ging, und dass beides gerade vernichtet wurde.

»Ich weiß nicht mehr als du. Es hat kurz nacheinander zwei weitere Morde gegeben. Beide sind unerklärlich, beide sind auf dieselbe Art verübt worden, als ob der Mörder es darauf anlegt hatte, deutlich zu machen, dass es sich um ein und denselben Täter handelt.«

»Ich habe geglaubt, Verbrecher halten sich immer an eine bestimmte Methode.«

»Ich möchte wissen, warum er es so eilig hatte.«

»Womit?«

»Zum zweiten Mal zu morden. Und dann noch einmal. Mir kommt es so vor, als wollte er die Bevölkerung in dem Glauben bestärken, es handle sich um einen geisteskranken Mörder, der in den Straßen sein Unwesen treibt.«

Chabot blickte jäh auf.

»Willst du damit sagen, dass er gar nicht wahnsinnig war?«

»Nicht unbedingt.«

»Und was dann?«

»Das ist eine Frage, über die ich mich leider mit Alain Vernoux nicht gründlicher unterhalten habe. Ich habe nur das wenige im Gedächtnis, was er uns darüber gesagt hat: Selbst ein Irrer handelt nicht notwendigerweise irre.«

»Offensichtlich. Sonst liefe ja kein Geisteskranker mehr frei herum.«

»Aber er mordet auch nicht ausdrücklich deshalb, weil er irre ist.«

»Ich komme nicht mehr mit. Was schließt du daraus?«

»Gar nichts.«

Sie zuckten zusammen, als das Telefon läutete. Chabot nahm den Hörer ab, und sofort veränderten sich seine Haltung und Stimme.

»Ja, Madame, er ist hier. Moment bitte.«

Und zu Maigret:

»Deine Frau.«

Am anderen Ende der Leitung sagte sie:

»Bist du's? Ich störe dich doch nicht etwa beim Mittagessen? Seid ihr noch bei Tisch?«

»Nein.«

Es war überflüssig, ihr zu sagen, dass er noch gar nicht gegessen hatte.

»Dein Chef hat mich vor einer halben Stunde angerufen und gefragt, ob du bestimmt morgen früh wieder da sein würdest. Ich wusste nicht, was ich ihm antworten sollte, denn als du mich anriefst, schienst du es noch nicht genau zu wissen. Er hat mich gebeten, dich doch noch einmal anzurufen und dir zu sagen, dass die Tochter eines Senators, ich weiß nicht, welches, seit zwei Tagen verschwunden sei. Noch ist es nicht öffentlich. Es scheint eine sehr wichtige Sache zu sein, zumal die Gefahr bestehe, dass die Presse es an die große Glocke hängt. Weißt du, um wen es sich handelt?«

»Keine Ahnung.«

»Er hat mir einen Namen genannt, aber ich habe ihn vergessen.«

»Kurz, ich soll unverzüglich zurückkommen.«

»Das hat er nicht gesagt. Soweit ich ihn verstanden habe, wäre er aber froh, wenn du die Sache in die Hand nehmen würdest.«

»Regnet es in Paris?«

»Es ist herrliches Wetter. Was wirst du tun?«

»Ich werde alles versuchen, um morgen früh in Paris zu sein. Es fährt sicherlich ein Nachtzug. Ich habe noch nicht im Fahrplan nachgesehen.«

Chabot nickte, als Maigret vom Nachtzug sprach.

»Geht es gut in Fontenay?«

»Sehr gut.«

»Grüß den Richter von mir.«

»Das werde ich gern tun.«

Als er aufgelegt hatte, hätte er nicht sagen können, ob sein Freund über seine baldige Abreise enttäuscht oder erfreut war.

»Musst du zurück?«

»Es sieht so aus.«

»Vielleicht sollten wir jetzt etwas essen, oder?«

Maigret trennte sich nur ungern von dem weißen Karton, der ihm ein wenig wie ein Sarg vorkam.

»Besser, wir reden nicht in Anwesenheit meiner Mutter darüber.«

Sie waren noch nicht beim Dessert, als es an der Tür läutete. Rose öffnete und meldete dann:

»Der Polizeikommissar ist da und möchte …«

»Führen Sie ihn in mein Arbeitszimmer.«

»Das habe ich schon getan. Er wartet. Er sagt, es eilt nicht.«

Madame Chabot bemühte sich, von diesem und jenem zu sprechen, als wäre nichts weiter vorgefallen. Sie erinnerte sich an Menschen, die längst tot waren oder nicht mehr in der Stadt wohnten, und spulte unablässig ihre Geschichten ab.

Endlich erhoben sie sich.

»Soll ich den Kaffee im Arbeitszimmer servieren lassen?«

Rose schenkte allen Kaffee ein und stellte mit nahezu liturgischer Feierlichkeit Cognacflasche und Gläser auf das Tablett.

Nachdem sich die Tür hinter ihr geschlossen hatte, fragte Chabot:

»Nun?«

»Ich war dort.«

»Zigarre?«

»Danke. Ich habe noch nicht zu Mittag gegessen.«

»Soll ich Ihnen etwas bringen lassen?«

»Ich habe meine Frau angerufen und ihr gesagt, dass ich bald nach Hause komme.«

»Wie hat es sich abgespielt?«

»Der Diener hat mir die Tür geöffnet, und ich habe ihm gesagt, ich wolle Hubert Vernoux sprechen. Er hat mich im Flur stehen lassen und ist hinaufgegangen, um mich anzumelden. Das hat eine ganze Weile gedauert. Ein sieben- oder achtjähriger Junge hat von der Treppe zu mir heruntergespäht, und dann habe ich gehört, wie seine Mutter ihn zurückrief. Jemand hat mich durch einen Türspalt beobachtet, eine alte Frau, aber ich weiß nicht, ob es Madame Vernoux oder ihre Schwester war.«

»Was hat Vernoux gesagt?«

»Er ist aus dem hinteren Flur auf mich zugekommen, und als er etwa drei Meter von mir entfernt war, hat er, ohne stehen zu bleiben, gefragt:

›Haben Sie ihn gefunden?‹

Ich habe geantwortet, ich hätte ihm eine schlechte Nachricht zu überbringen. Er hat mich nicht in den Salon geführt, sondern an der Tür stehen lassen und mich von oben herab angeblickt. Aber ich habe deutlich gesehen, wie seine Lippen und Hände zitterten.

›Ihr Sohn ist tot‹, habe ich schließlich gesagt.

›Haben Sie ihn getötet?‹, hat er erwidert.

›Er hat sich heute Morgen im Schlafzimmer seiner Geliebten das Leben genommen.‹«

»Wirkte er überrascht?«, fragte der Untersuchungsrichter.

»Ich hatte den Eindruck, dass ihn die Nachricht in einen Schock versetzte. Er hat den Mund geöffnet, als wollte er eine Frage stellen, hat dann aber nur gemurmelt:

›Er hatte also eine Geliebte!‹

Er hat mich weder gefragt, wer sie ist, noch was mit ihr geschehen ist. Er ist auf die Tür zugegangen, hat sie geöffnet und mich mit den Worten verabschiedet:

›Vielleicht lassen uns die Leute nun in Frieden.‹

Dabei deutete er mit dem Kinn auf die Neugierigen, die vor dem Haus und in kleinen Gruppen auf dem Gehsteig gegenüber standen, und auf die Journalisten, die den Augenblick, da er sich zeigte, nutzten, um ihn zu fotografieren.«

»Hat er nicht versucht, ihnen auszuweichen?«

»Im Gegenteil. Als er sie bemerkt hat, hielt er inne, blieb stehen und blickte sie eindringlich an. Dann schloss er langsam die Tür hinter sich, und ich habe gehört, wie er den Riegel vorschob.«

»Und das Mädchen?«

»Ich war kurz im Krankenhaus. Chabiron sitzt noch an ihrem Bett. Man weiß nicht, ob sie durchkommt. Sie scheint einen Herzfehler zu haben.«

Ohne seinen Kaffee anzurühren, stürzte er den Cognac und erhob sich dann.

»Kann ich essen gehen?«

Chabot nickte und stand ebenfalls auf, um ihn hinauszubegleiten.

»Was soll ich danach tun?«

»Ich weiß es noch nicht. Kommen Sie in mein Büro. Der Staatsanwalt erwartet mich dort um drei Uhr.«

»Ich habe sicherheitshalber zwei Männer vor dem Haus in der Rue Rabelais postiert. Die Leute gehen vorbei, bleiben stehen, flüstern miteinander.«

»Verhalten sie sich ruhig?«

»Jetzt, da Alain Vernoux sich das Leben genommen hat, besteht wohl keine Gefahr mehr. Sie wissen ja, wie das läuft.«

Chabot blickte Maigret an, als ob er sagen wollte:

»Da siehst du es!«

Er hätte viel darum gegeben, wenn sein Freund geantwortet hätte:

»Ja doch. Es ist vorbei.«

Aber Maigret blieb stumm.

8

Der Invalide von Gros-Noyer

Nachdem Maigret Chabots Haus verlassen hatte, war er kurz vor der Brücke rechts abgebogen und ging nun seit zehn Minuten eine lange Straße entlang, die weder Stadt- noch Landstraße war.

Am Anfang standen die weißen, roten und grauen Häuser – darunter das große Haus eines Weinhändlers mit seinen Weinlagern – noch dicht nebeneinander, aber sie hatten nicht mehr den gleichen Charakter wie in der Rue de la République, und einige der weiß gekalkten einstöckigen Gebäude erinnerten eher an Hütten.

Darauf folgte unbebautes Land. Schmale Wege führten zu Gemüsegärten hinunter, die sanft zum Flussufer hin abfielen, und hier und dort sah man eine Ziege, die an einem Pflock angebunden war.

Er begegnete kaum einem Menschen, aber durch die offenen Türen sah er im Halbdunkel Familien stumm und reglos dem Rundfunk lauschen. Andere tranken gerade Kaffee; ein junger Mann in Hemdsärmeln las die Zeitung, und eine kleine alte Frau war neben einer großen Uhr mit kupfernen Pendeln eingeschlafen.

Die Gärten wurden allmählich größer, die Abstände zwischen den Häuschen nahmen zu, und die Vendée, auf der von dem letzten Sturm abgerissene Äste trieben, kam immer näher an die Straße heran. Maigret, der es abgelehnt hatte, sich im Wagen hierherfahren zu lassen, begann es zu bereuen, denn der Weg war weiter als gedacht. Die Sonne brannte ihm bereits auf den Nacken. Er brauchte fast eine halbe Stunde, bis er die Kreuzung Gros-Noyer erreichte, hinter der nur noch Wiesen zu liegen schienen.

Drei junge, in Marineblau gekleidete, gut frisierte Männer, die an der Tür eines Gasthofs lehnten und offenkundig nicht wussten, wer er war, betrachteten ihn mit der beißenden Ironie, mit der ein Bauer einen Städter betrachtet, der sich aufs Land verirrt hat.

»Wo finde ich das Haus von Madame Page?«, fragte er sie.

»Sie meinen Léontine?«

»Ihren Vornamen kenne ich nicht.«

Das genügte schon, um sie zum Lachen zu bringen. Sie fanden es ausgesprochen komisch, dass jemand Léontines Vornamen nicht kannte.

»Wenn Sie Léontine suchen, gleich die nächste Tür dort.«

Das Haus, das sie ihm zeigten, bestand lediglich

aus einem Erdgeschoss, so niedrig, dass Maigret das Dach mit der Hand berühren konnte. Die grün gestrichene Tür war wie manche Stalltüren zweigeteilt: der obere Teil stand offen, der untere war geschlossen.

Zunächst sah er niemanden in der Küche, die blitzsauber war und in der ein weißer Kachelofen und ein runder Tisch mit einer karierten Wachstuchdecke standen. Fliederzweige ragten aus einer grellbunten Vase, die an den Trostpreis einer Losbude erinnerte. Auf dem Kaminsims drängten sich Nippes und Fotografien.

Er zog an einer Schnur mit einem Glöckchen.

»Wer ist da?«

Maigret sah sie aus der Zimmertür zur Linken heraustreten. Es waren die beiden einzigen Räume des Häuschens. Die Frau konnte ebenso gut fünfzig wie fünfundsechzig Jahre alt sein. Sie war hager und kräftig wie das Mädchen im Hotel und musterte ihn mit diesem auf dem Land typischen Misstrauen, ohne an die Tür zu kommen.

»Was wollen Sie?«

Und im selben Atemzug:

»Sind Sie das, der auf dem Bild in der Zeitung war?«

Maigret hörte, wie sich jemand im Schlafzimmer bewegte. Eine Männerstimme fragte:

»Wer ist da, Léontine?«

»Der Kommissar aus Paris.«

»Kommissar Maigret?«

»Ja, so heißt er, glaube ich.«

»Lass ihn herein.«

Ohne sich von der Stelle zu rühren, sagte sie:

»Kommen Sie herein.«

Er schob selbst den Innenriegel zurück, um den unteren Teil der Tür zu öffnen. Léontine forderte ihn weder auf, sich zu setzen, noch richtete sie überhaupt ein Wort an ihn.

»Sie waren die Putzfrau von Robert de Courçon, nicht wahr?«

»Fünfzehn Jahre lang. Die Polizei und die Journalisten haben mich schon alles Mögliche gefragt, aber ich weiß nichts.«

Von dort, wo er stand, konnte der Kommissar in das Schlafzimmer blicken, auf weiße Wände, an denen bunte Farbdrucke hingen, und das Fußende eines hohen Nussbaumbetts mit einer roten Daunendecke. Pfeifenrauch stieg ihm in die Nase. Der Mann bewegte sich noch immer unruhig.

»Ich will wissen, wie er aussieht ...«, murmelte er.

Und die Frau brummte unwirsch:

»Hören Sie, was mein Mann sagt? Gehen Sie hinein. Er kann sein Bett nicht verlassen.«

Der Mann, der im Bett saß, war unrasiert und hatte vor sich auf der Decke Zeitungen und Romanhefte ausgebreitet. Er rauchte eine lange Meerschaumpfeife, und auf dem Nachttisch standen in Reichweite eine Literflasche Weißwein und ein Glas.

»Er hat Probleme mit den Beinen«, erklärte Léontine. »Seit er zwischen die Puffer zweier Waggons geraten ist. Er hat bei der Eisenbahn gearbeitet. Das geht auf die Knochen.«

Spitzengardinen dämpften das Licht, und zwei Geranientöpfe belebten die Fensterbank.

»Ich habe alles gelesen, was man über Sie berichtet, Monsieur Maigret. Ich lese den lieben langen Tag. Früher hab ich überhaupt nicht gelesen. Bring noch ein Glas, Léontine.«

Maigret konnte nicht ablehnen. Sie stießen an. Da die Frau im Zimmer blieb, ergriff er die Gelegenheit und zog das Stück Bleirohr aus der Tasche, das er sich hatte geben lassen, und fragte:

»Kennen Sie das?«

Ohne mit der Wimper zu zucken, erwiderte sie:

»Natürlich.«

»Wo haben Sie es zum letzten Mal gesehen?«

»Auf dem großen Tisch im Salon.«

»Bei Robert de Courçon?«

»Ja, bei Monsieur. Es kommt aus dem Schuppen, wo im letzten Winter einige Rohre erneuert werden mussten, weil die Wasserleitung durch den Frost geplatzt war.«

»Lag das Stück Bleirohr immer auf seinem Tisch?«

»Da lag alles Mögliche herum. Man nannte das

Zimmer den Salon, aber es war der Raum, in dem er sich die meiste Zeit aufhielt und auch arbeitete.«

»Besorgten Sie ihm den Haushalt?«

»Ich tat das, was er mir erlaubte, den Boden kehren, Staub wischen – ohne etwas zu verschieben oder von seinem Platz zu nehmen! – und Geschirr abwaschen.«

»War er ein bisschen verrückt?«

»Das habe ich nicht gesagt.«

»Du kannst es dem Kommissar ruhig sagen«, flüsterte der Mann ihr zu.

»Es gibt keinen Grund, mich über ihn zu beklagen.«

»Außer dass er dir oft monatelang keinen Lohn gezahlt hat.«

»Das war nicht seine Schuld. Wenn die anderen, die von gegenüber, ihm das Geld gegeben hätten, das sie ihm schuldeten …«

»Haben Sie nie versucht, dieses Bleirohr wegzuwerfen?«

»Ich hab's versucht. Aber er hat mir befohlen, es da liegen zu lassen. Er benutzte es als Briefbeschwerer. Ich erinnere mich, dass er einmal gesagt hat, es könnte von Nutzen sein, falls jemand bei ihm einbrechen sollte. Das war eine komische Idee. Denn die Wände hingen voller Gewehre. Die hat er gesammelt.«

»Ist das wahr, Kommissar, dass sein Neffe sich umgebracht hat?«

»Ja.«

»Glauben Sie, dass er der Mörder war? Noch einen Schluck Weißwein? Wissen Sie, ich hab schon zu meiner Frau gesagt, aus den reichen Leuten versuche ich erst gar nicht schlau zu werden. Die denken und fühlen nun mal nicht wie unsereins.«

»Kannten Sie die Vernoux'?«

»Wie jeder, vom Sehen. Ich habe gehört, sie hätten kein Geld mehr und hätten sogar ihr Personal angepumpt. Und das wird wohl auch stimmen, denn sie zahlten Léontines Dienstherrn keine Rente mehr, und deshalb bekam sie keinen Lohn.«

Seine Frau bedeutete ihm, nicht so redselig zu sein. Er hatte übrigens auch nichts Besonderes zu berichten, aber er war froh über die Gesellschaft und darüber, Kommissar Maigret leibhaftig vor sich zu sehen.

Mit dem säuerlichen Weißweingeschmack auf der Zunge verließ Maigret die beiden. Auf dem Rückweg war die Straße etwas belebter. Junge Männer und Mädchen fuhren auf dem Fahrrad aufs Land zurück, und Familien spazierten in Richtung Stadt.

Im Büro des Richters saßen sie bestimmt noch zusammen. Maigret hatte es abgelehnt, dabei zu sein. Er wollte ihre Entscheidung nicht beeinflussen.

Würden sie beschließen, die Ermittlungen einzustellen, weil sie den Selbstmord des Arztes als ein Geständnis deuteten?

Es war wahrscheinlich, und in diesem Fall würde Chabot bis ans Ende seiner Tage unter einem schlechten Gewissen leiden.

Als er die Rue Clémenceau erreichte und die Rue de la République entlangschaute, wimmelte es dort von Menschen: Spaziergänger schlenderten über die Bürgersteige, andere kamen aus dem Kino, und auf der Terrasse des Café de la Poste waren alle Stühle besetzt.

Er ging zur Place Viète. Als er an Chabots Haus vorbeikam, sah er die Mutter des Richters im ersten Stock hinter einem Fenster stehen. Vor dem Haus der Vernoux' in der Rue Rabelais standen immer noch Neugierige, von denen sich die meisten aber, vielleicht weil dort der Tod eingekehrt war, in respektvoller Entfernung auf dem gegenüberliegenden Gehsteig aufhielten.

Maigret sagte sich einmal mehr, dass dieser Fall ihn nichts angehe, dass er am selben Abend in den Zug steigen müsse, dass er riskiere, jeden gegen sich aufzubringen und sich mit seinem Freund zu entzweien.

Er konnte der Versuchung nicht lange widerstehen und streckte die Hand zum Türklopfer aus. Unter den Blicken der Spaziergänger musste er lange warten, dann hörte er Schritte, und der Diener öffnete die Flügeltür einen Spaltbreit.

»Ich möchte Monsieur Hubert Vernoux sprechen.«

»Monsieur ist nicht zu sprechen.«

Ohne Aufforderung war Maigret eingetreten. Die Eingangshalle lag im Halbdunkel. Es war still.

»Ist er in seinem Zimmer?«

»Ich glaube, er hat sich hingelegt.«

»Eine Frage: Gehen die Fenster Ihres Zimmers auf die Straße?«

Der Diener schien verlegen und antwortete leise:

»Ja. Meine Frau und ich schlafen in den Mansarden im dritten Stock.«

»Können Sie von dort das Haus gegenüber sehen?«

Sie hatten nicht gehört, wie sich die Tür des Salons geöffnet hatte. Maigret erkannte die Gestalt der Schwägerin im Türrahmen.

»Was gibt es, Arsène?«

Sie hatte den Kommissar gesehen, bedachte ihn aber mit keinem Wort.

»Ich habe Monsieur Maigret gesagt, Monsieur sei nicht zu sprechen.«

Schließlich wandte sie sich an den Kommissar.

»Sie wollen meinen Schwager sprechen?«

Sie entschied sich zögerlich, die Tür ein Stück weiter aufzumachen.

»Kommen Sie herein.«

Sie war allein in dem großen Salon. Die Vorhänge waren zugezogen, und auf dem kleinen Tisch brannte eine einzige Lampe. Es lag nichts herum, keine Zeitung, kein aufgeschlagenes Buch, keine Handarbeit oder sonst etwas. Sie musste untätig dagesessen haben, als er angeklopft hatte.

»Sie können auch mit mir sprechen.«

»Ich möchte ihn aber selbst sprechen.«

»Selbst wenn Sie zu ihm gehen, dürfte er sich kaum in dem Zustand befinden, Ihnen Rede und Antwort zu stehen.«

Sie ging zu dem Tisch, auf dem mehrere Flaschen standen, und griff nach einer leeren Cognacflasche.

»Sie war heute Mittag noch halb voll. Er war nur eine Viertelstunde in diesem Raum, während wir noch bei Tisch saßen.«

»Kommt das oft vor?«

»Fast jeden Tag. Jetzt wird er fünf oder sechs Stunden schlafen und dann wieder trübe Augen haben. Meine Schwester und ich haben versucht, die Flaschen einzuschließen, aber er findet trotzdem immer Mittel und Wege, an sie heranzukommen. Immerhin trinkt er hier, und nicht in irgendeiner Bar.«

»Geht er manchmal in eine Bar?«

»Wie sollen wir das wissen? Er verschwindet heimlich durch die Hintertür, und wenn er dann mit geschwollenen Augen zurückkommt und anfängt zu lallen, dann wissen wir, was das bedeutet. Er wird genauso enden wie sein Vater.«

»Geht das schon lange so?«

»Seit Jahren. Vielleicht hat er vorher auch schon getrunken, und man hat es ihm nur nicht angemerkt.

Er sieht zwar jünger aus, aber er ist bereits siebenundsechzig.«

»Ich werde den Diener bitten, mich zu ihm zu führen.«

»Wollen Sie nicht lieber später noch einmal wiederkommen?«

»Ich fahre heute Abend nach Paris zurück.«

Sie verstand, dass es zwecklos war, weiter zu diskutieren, und drückte auf einen Klingelknopf. Arsène erschien.

»Führen Sie den Kommissar zu Monsieur.«

Arsène blickte sie überrascht an, als wollte er sie fragen, ob sie sich das gut überlegt habe.

»Es kommt doch, wie es kommen muss.«

Ohne den Diener hätte sich Maigret in den vielen Fluren verlaufen, die aufeinandertrafen und widerhallten und ebenso weitläufig waren wie die eines Klosters. Er spähte in eine Küche, in der Kupfergeschirr blitzte und wo genau wie in dem Häuschen am Nussbaum eine Flasche Weißwein auf dem Tisch stand, vermutlich die von Arsène.

Dieser schien aus Maigrets Verhalten überhaupt nicht mehr schlau zu werden. Nach der Frage wegen des Zimmers war er auf ein regelrechtes Verhör gefasst gewesen. Aber Maigret blieb stumm.

Im rechten Flügel des Erdgeschosses klopfte er an eine mit Schnitzereien versehene Eichentür.

»Ich bin's, Monsieur!«

Der Diener hatte seine Stimme erhoben, um gehört zu werden. Und als er ein Murmeln vernahm:

»Der Kommissar ist hier und möchte Monsieur unbedingt sprechen.«

Sie blieben reglos stehen, während hinter der Tür jemand hin und her ging und die Tür schließlich einen Spaltbreit öffnete.

Die Schwägerin hatte zu Recht von seinen geschwollenen Augen gesprochen, die den Kommissar jetzt beinahe entsetzt anstarrten.

»Sie sind es!«, stammelte Hubert Vernoux mit schwerer Zunge.

Er musste sich vollständig bekleidet ins Bett gelegt haben. Sein Anzug war zerknittert, die weißen Haare fielen ihm in die Stirn, und er strich sie mit einer mechanischen Bewegung zurück.

»Was wollen Sie?«

»Ich möchte mich mit Ihnen unterhalten.«

Maigret war nicht so leicht abzuschütteln. Vernoux trat zur Seite und schien noch nicht wieder bei Verstand zu sein. Das Zimmer war sehr groß. In der Mitte stand ein Himmelbett aus dunklem, geschnitztem Holz mit einem Baldachin aus verblichener Seide. Alle Möbel waren antik, mehr oder weniger gleichen Stils. Man fühlte sich an eine Kapelle oder Sakristei erinnert.

»Erlauben Sie?«

Vernoux ging in das Badezimmer, füllte ein Glas

mit Wasser und gurgelte. Als er zurückkam, schien er sich ein wenig besser zu fühlen.

»Vielleicht setzen Sie sich in diesen Sessel. Haben Sie schon mit jemandem gesprochen?«

»Mit Ihrer Schwägerin.«

»Hat sie Ihnen gesagt, ich hätte getrunken?«

»Sie hat mir die leere Cognacflasche gezeigt.«

Er zuckte mit den Schultern.

»Es ist immer die alte Leier. Die Frauen haben kein Verständnis. Ein Mann, dem man aus heiterem Himmel mitgeteilt hat, dass sein Sohn …«

Sein Blick verschleierte sich. Seine Stimme hatte sich um einen Ton gesenkt und klang weinerlich.

»Das ist ein harter Schlag, Kommissar. Besonders, wenn man nur den einen Sohn hat. Was macht seine Mutter?«

»Keine Ahnung …«

»Sie wird sich krank stellen. Das ist ihr Trick, sie stellt sich krank, und niemand traut sich mehr, ihr etwas zu sagen. Verstehen Sie? Ihre Schwester vertritt sie dann: Sie nennt es ›das Heft in die Hand nehmen‹ …«

Er erinnerte an einen gealterten Schauspieler, der sein Publikum um jeden Preis rühren will. In seinem leicht aufgedunsenen Gesicht wechselte der Ausdruck erstaunlich rasch. In nur wenigen Augenblicken hatten sich nacheinander Ärger, eine gewisse Angst, der Schmerz des Vaters und Bitterkeit den beiden Frauen gegenüber in seinen Zügen gespiegelt. Nun trat die Angst wieder hervor.

»Warum wollten Sie mich unbedingt sprechen?«

Maigret, der sich nicht in den angewiesenen Sessel gesetzt hatte, zog das Stück Bleirohr aus der Tasche und legte es auf den Tisch.

»Sind Sie oft zu Ihrem Schwager gegangen?«

»Ungefähr einmal im Monat, um ihm sein Geld zu bringen. Ich nehme an, Sie wissen bereits, dass ich ihn unterstützt habe.«

»Haben Sie dieses Bleirohr auf seinem Schreibtisch liegen sehen?«

Er zögerte, begriff, dass die Antwort auf diese Frage entscheidend sein würde, und zugleich, dass er sich rasch entschließen musste.

»Ich glaube, ja.«

»Es ist das einzige sachliche Beweismittel in diesem Fall. Bisher scheint man sich aber über seine Bedeutung noch nicht im Klaren zu sein.«

Er setzte sich, nahm seine Pfeife aus der Tasche und stopfte sie. Vernoux blieb stehen und verzog das Gesicht, als peinigten ihn heftige Kopfschmerzen.

»Können Sie mir noch einen Augenblick zuhören?«

Ohne die Antwort abzuwarten, fuhr er fort:

»Man behauptet, die drei Verbrechen seien mehr oder weniger identisch, ohne zu bemerken, dass sich das erste in Wahrheit ganz und gar von den anderen unterscheidet. Die Witwe Gibon und Gobillard sind kaltblütig und vorsätzlich ermordet worden. Der Mann, der an der Tür der ehemaligen Hebamme geläutet hat, kam, um sie umzubringen, was er auch ohne zu zögern im Flur getan hat. Schon auf der Schwelle hatte er die Mordwaffe in der Hand. Als er zwei Tage später Gobillard überfiel, ging es vielleicht gar nicht um ihn, sondern darum, irgendjemanden zu töten. Verstehen Sie, was ich sagen will?«

Vernoux jedenfalls strengte sich beinahe schmerzlich an, um zu begreifen, worauf Maigret hinauswollte.

»Im Fall Courçon verhält es sich anders. Als der Mörder sein Haus betrat, hatte er keine Waffe bei sich. Wir können daraus schließen, dass er nicht mit der Absicht gekommen war, ihn zu töten. Es muss sich etwas ereignet haben, das ihn zu der Tat getrieben hat. Vielleicht Courçons provozierendes Verhalten, vielleicht sogar eine Drohung.«

Maigret entzündete ein Streichholz und zog an seiner Pfeife.

»Was denken Sie?«

»Worüber?«

»Über das, was ich gerade gesagt habe.«

»Ich dachte, der Fall sei abgeschlossen.«

»Selbst wenn er es sein sollte, ich versuche, ihn zu verstehen.«

»Ein Verrückter wird sich von solchen Überlegungen nicht aufhalten lassen.«

»Und wenn es sich nicht um einen Verrückten handelt, jedenfalls nicht in dem Sinn verrückt, wie man es gemeinhin versteht? Versuchen Sie mir noch einen Moment zu folgen. Jemand geht am Abend ganz ohne böse Absicht zu Robert de Courçon und wird aus uns unbekannten Gründen dazu getrieben, ihn zu töten. Er hinterlässt keine Spur, nimmt die Tatwaffe mit, woraus zu schließen ist, dass er nicht gefasst werden will. Es handelt sich also um einen Menschen, der das Opfer kennt und es oft um diese Zeit besucht.

Notwendigerweise wird die Polizei in dieser Richtung fahnden. Und es spricht alles dafür, dass sie den Täter überführen wird.«

Vernoux sah ihn an, als überlegte er und erwöge das Für und Wider.

»Nehmen wir jetzt an, am anderen Ende der Stadt sei ein Verbrechen an jemandem verübt worden, der weder mit dem Mörder noch mit Courçon etwas zu tun hat. Was wird dann geschehen?«

Vernoux konnte ein Lächeln nicht ganz unterdrücken. Maigret fuhr fort:

»Man wird den Schuldigen nicht mehr zwangsläufig unter den Bekannten des ersten Opfers suchen. Und es wird sich jedem der Gedanke aufdrängen, dass es ein Wahnsinniger sein muss.«

Er hielt einen Augenblick inne.

»Eben das ist geschehen. Und der Mörder hat, um

diesen Verdacht noch zu verstärken, vorsichtshalber einen dritten Mord begangen, diesmal auf der Straße. Es hat den erstbesten Betrunkenen getroffen, der ihm über den Weg gelaufen ist. Der Richter, der Staatsanwalt und die Polizei haben sich in die Irre führen lassen.«

»Und Sie nicht?«

»Ich bin nicht der Einzige gewesen, der daran gezweifelt hat. Die Stimme des Volkes kann sich täuschen. Aber häufig hat die Masse eine ähnliche Intuition wie Frauen und Kinder.«

»Wollen Sie damit sagen, dass man meinen Sohn verdächtigt hat?«

»Man hat dieses Haus verdächtigt.«

Maigret stand auf, ohne weiter darauf einzugehen, trat an einen Louis-XIII-Tisch heran, der als Schreibtisch diente und auf dem Briefpapier lag. Er nahm einen Bogen von der Schreibunterlage und zog ein Papier aus seiner Tasche.

»Arsène hat geschrieben«, sagte er beiläufig.

»Mein Diener?«

Vernoux kam erregt auf den Tisch zu, und Maigret bemerkte, dass er sich trotz seiner Leibesfülle mit Leichtigkeit bewegte.

»Er möchte verhört werden. Aber er traut sich nicht, selbst bei der Polizei oder im Gerichtsgebäude vorzusprechen.«

»Arsène weiß nichts.«

»Das mag sein, obwohl sein Zimmer auf die Straße geht.«

»Haben Sie mit ihm gesprochen?«

»Noch nicht. Möglicherweise grollt er Ihnen, weil Sie ihm seinen Lohn nicht gezahlt und sich Geld von ihm geliehen haben.«

»Das wissen Sie auch?«

»Haben Sie mir nichts zu sagen, Monsieur Vernoux?«

»Was sollte ich Ihnen sagen? Mein Sohn …«

»Sprechen wir nicht von Ihrem Sohn. Ich nehme an, Sie sind nie glücklich gewesen.«

Er antwortete nicht und starrte auf das dunkle Muster des Teppichs.

»Solange Sie Geld hatten, genügte das, um Ihre Eitelkeit zu befriedigen. Sie waren schließlich der reiche Mann des Ortes.«

»Das sind persönliche Fragen, über die ich nicht gern spreche.«

»Haben Sie in den letzten Jahren viel Geld verloren?«

Maigret bemühte sich, möglichst ungezwungen zu sprechen, als ob das, was er sagte, nicht von Bedeutung wäre.

»Entgegen Ihrer Vermutung sind die Ermittlungen noch nicht abgeschlossen, und man wird weiter nachforschen. Bisher sind die Untersuchungen aus Gründen, die mich nichts angehen, nicht nach

Vorschrift verlaufen. Man wird nicht länger umhinkönnen, Ihr Personal zu vernehmen. Man wird auch die Nase in Ihre Geschäfte stecken wollen und Ihre Bankauszüge prüfen. Man wird herausfinden, dass Sie, wie jedermann vermutet, seit Jahren vergeblich um den Erhalt Ihres geschrumpften Vermögens kämpfen. Hinter der Fassade verbirgt sich nichts weiter als ein Mann, der von seiner eigenen Familie schonungslos gedemütigt wird, seitdem er kein Geld mehr verdienen kann.«

Hubert Vernoux setzte zu sprechen an, aber Maigret ließ ihn nicht zu Wort kommen.

»Man wird auch Psychiater konsultieren.«

Er sah, wie Vernoux ruckartig den Kopf hob.

»Ich weiß nicht, wie sie den Fall beurteilen werden. Ich bin nicht dienstlich hier. Ich fahre heute Abend nach Paris zurück, und mein Freund Chabot ist nach wie vor für die Ermittlungen verantwortlich.

Ich habe vorhin gesagt, dass das erste Verbrechen nicht unbedingt die Tat eines Irren gewesen ist. Und ergänzt, dass die beiden anderen als Folge einer geradezu teuflischen Überlegung in einer ganz bestimmten Absicht verübt worden sind.

Aber es würde mich nicht überraschen, wenn die Psychiater gerade in dieser Überlegung ein Anzeichen für eine Geisteskrankheit entdecken würden, eine besondere Art der Geisteskrankheit, die weiter verbreitet ist, als man glaubt. Man nennt sie

Paranoia. Haben Sie die Bücher gelesen, die sich mit Sicherheit im Arbeitszimmer Ihres Sohnes befinden?«

»Ich habe manchmal einen Blick hineingeworfen.«

»Sie sollten sie noch einmal lesen.«

»Sie wollen doch nicht etwa behaupten, dass ich …«

»Ich behaupte gar nichts. Ich habe Sie gestern beim Bridge beobachtet. Ich habe Sie gewinnen sehen. Sie sind bestimmt davon überzeugt, dass Sie dieses Spiel ebenso gewinnen werden.«

»Ich spiele kein Spiel.«

Er widersprach nur schwach, war im Grunde geschmeichelt, dass Maigret sich so eingehend mit ihm befasste und indirekt seine Geschicklichkeit bewunderte.

»Ich möchte Sie davor bewahren, einen Fehler zu begehen. Noch mehr Blutvergießen oder auch nur ein einziges weiteres Verbrechen würden zu nichts führen, im Gegenteil. Verstehen Sie? Um es mit den Worten Ihres Sohnes zu sagen, der Wahnsinn hat seine Gesetze, seine Logik.«

Wieder setzte Vernoux zu sprechen an, aber der Kommissar ließ ihn auch diesmal nicht zu Wort kommen.

»Mehr habe ich nicht zu sagen. Ich nehme den Zug um halb zehn und muss vor dem Abendessen noch meinen Koffer packen.«

Vernoux blickte ihn verwirrt und enttäuscht an. Er verstand das alles nicht mehr, machte eine Geste, um Maigret zurückzuhalten, aber der Kommissar wandte sich bereits zur Tür.

»Ich finde den Weg schon.«

Es dauerte eine Weile, bis er an der Küche vorbeikam, aus der ihm Arsène entgegenstürzte.

Er sah Maigret fragend an, aber der schwieg, ging weiter durch den Hauptflur und öffnete eigenhändig die Haustür, die der Diener hinter ihm schloss.

Auf dem Gehsteig gegenüber standen nur noch drei oder vier besonders zähe Schaulustige. Ob das Wachkomitee heute Abend weiterhin patrouillierte?

Er war nahe daran, zum Gerichtsgebäude zu gehen, wo man wahrscheinlich noch tagte, entschloss sich dann aber doch, wie er Vernoux gesagt hatte, das Hotel aufzusuchen und seinen Koffer zu packen. Später, als er wieder auf der Straße stand, spürte er das Verlangen nach einem Glas Bier und setzte sich auf die Terrasse vor das Café de la Poste.

Alle sahen ihn an. Die Leute sprachen leise, einige flüsterten sogar.

Er trank langsam und genüsslich zwei große Gläser Bier, als säße er auf einer Terrasse an den Grands Boulevards. Eltern blieben stehen, um ihre Kinder auf ihn aufmerksam zu machen.

Er sah Chalus, den Lehrer, vorbeigehen. Er war in Begleitung eines Mannes mit dickem Bauch, dem er gestenreich etwas erzählte. Chalus bemerkte den Kommissar nicht, und die beiden Männer verschwanden um die Straßenecke.

Es war schon beinahe dunkel, und die Terrasse hatte sich geleert, als Maigret sich schwerfällig erhob, um zu Chabot zu gehen. Der Richter öffnete die Tür und warf ihm einen sorgenvollen Blick zu.

»Wo warst du denn so lange?«

»Im Café.«

Er hängte seinen Hut an den Garderobenständer, sah den gedeckten Tisch im Esszimmer, aber das Essen war noch nicht fertig, und sein Freund führte ihn in sein Arbeitszimmer.

Nachdem sie beide eine Weile geschwiegen hatten, murmelte Chabot, ohne Maigret anzusehen:

»Die Ermittlungen werden fortgesetzt.«

Es war, als wollte er sagen:

»Du hast gewonnen. Siehst du, wir sind doch nicht so feige!«

Maigret lächelte nicht, sondern nickte nur leicht.

»Das Haus in der Rue Rabelais wird bereits überwacht. Morgen werde ich das Personal vernehmen.«

»Übrigens, ich hätte fast vergessen, dir dies hier zurückzugeben.«

»Reist du wirklich heute Abend ab?«

»Es muss sein.«

»Ich möchte wissen, ob wir zu einem Ergebnis kommen werden.«

Der Kommissar hatte das Bleirohr auf den Tisch gelegt und kramte in seinen Taschen, um Arsènes Brief herauszuholen.

»Und wie steht es um Louise Sabati?«, fragte er.

»Sie scheint außer Lebensgefahr zu sein. Das Erbrechen hat sie gerettet. Sie hatte kurz zuvor etwas gegessen, und die Verdauung hatte noch nicht eingesetzt.«

»Was hat sie gesagt?«

»Sie antwortete nur einsilbig.«

»Wusste sie, dass sie beide sterben würden?«

»Ja.«

»Hatte sie sich darauf eingelassen?«

»Er hat ihr gesagt, man würde sie niemals glücklich werden lassen.«

»Hat er mit ihr nicht über die drei Morde gesprochen?«

»Nein.«

»Auch nicht über seinen Vater?«

Chabot blickte ihn eindringlich an.

»Glaubst du, dass er es ist?«

Maigret blinzelte lediglich.

»Ist er verrückt?«

»Das werden die Psychiater entscheiden.«

»Und deiner Meinung nach?«

»Ich sage immer wieder, vernünftige Menschen morden nicht. Aber das ist eben nur eine Ansicht.«

»Eine nicht gerade konforme, wie mir scheint.«

»Nein.«

»Du wirkst so besorgt.«

»Ich warte.«

»Worauf?«

»Dass etwas geschieht.«

»Glaubst du, dass heute noch etwas geschehen wird?«

»Ich hoffe.«

»Warum?«

»Weil ich Hubert Vernoux einen Besuch abgestattet habe.«

»Du hast ihm gesagt …«

»Ich habe ihm gesagt, wie und warum die drei Morde verübt worden sind. Ich habe ihm zu verstehen gegeben, wie der Mörder normalerweise reagieren müsste.«

Chabot, der soeben noch stolz auf ihre Entscheidung gewesen war, sah Maigret erschrocken an.

»Aber in dem Fall … fürchtest du nicht, dass …«

»Das Essen ist angerichtet«, meldete Rose, während Madame Chabot ihnen auf ihrem Weg zum Esszimmer zulächelte.

9
Cognac Napoléon

Wieder einmal mussten der alten Dame wegen bei Tisch Belanglosigkeiten ausgetauscht und über das geschwiegen werden, was sie tatsächlich beschäftigte. So sprachen sie an diesem Abend über das Kochen, und insbesondere über die Zubereitung eines Hasen *à la royale*.

Madame Chabot hatte wieder Profiteroles gebacken, und Maigret zwang sich, fünf davon zu essen, während sein Blick unentwegt auf den Zeigern der alten Uhr ruhte.

Um halb neun hatte sich noch nichts ereignet.

»Du hast noch Zeit. Ich habe ein Taxi bestellt, das zunächst zum Hotel fährt, um dein Gepäck zu holen.«

»Ich muss aber noch ins Hotel, um meine Rechnung zu begleichen.«

»Ich habe telefonisch darum gebeten, sie mir zu schicken. Das ist die Strafe dafür, dass du, wenn du dich schon einmal in zwanzig Jahren nach Fontenay verirrst, nicht bei uns wohnst.«

Man servierte Kaffee und Cognac. Er nahm eine

Zigarre, weil es Tradition war und Madame Chabot pikiert gewesen wäre, wenn er sie ausgeschlagen hätte.

Es war fünf vor neun, und man hörte gerade das Motorbrummen des Taxis, als endlich das Telefon läutete. Chabot nahm überstürzt den Hörer ab.

»Ich bin's, ja ... Wie? ... Ist er tot? ... Ich kann Sie nicht verstehen, Féron ... Schreien Sie nicht so ... Ja ... Ich komme sofort ... Man soll ihn ins Krankenhaus bringen, natürlich ...«

Er wandte sich Maigret zu.

»Ich muss sofort hin. Musst du unbedingt heute Nacht abreisen?«

»Ja.«

»Dann werde ich dich nicht zum Bahnhof begleiten können.«

Wegen seiner Mutter sagte er nichts weiter, griff nach seinem Hut und zog seinen Übergangsmantel an. Erst auf der Straße murmelte er:

»Es hat eine scheußliche Szene bei den Vernoux' gegeben. Hubert Vernoux war sturzbetrunken und hat in seinem Zimmer alles zertrümmert und sich schließlich mit einem Rasiermesser die Pulsadern aufgeschnitten.«

Die Ruhe des Kommissars überraschte ihn.

»Er ist nicht tot«, fuhr Chabot fort.

»Ich weiß.«

»Woher weißt du das?«

»Menschen wie er nehmen sich nicht das Leben.«

»Aber sein Sohn ...«

»Geh. Du wirst erwartet.«

Der Bahnhof war nur fünf Minuten entfernt. Maigret ging auf das Taxi zu.

»Wir werden gerade noch rechtzeitig kommen«, sagte der Fahrer. Der Kommissar wandte sich ein letztes Mal zu seinem Freund um, der etwas hilflos mitten auf dem Gehsteig stand.

»Schreib mir.«

Es war eine eintönige Reise. An zwei oder drei Bahnhöfen stieg Maigret aus, um ein Glas zu trinken, und dämmerte schließlich ein. Bei jedem Halt drangen die Rufe des Bahnhofsvorstehers und das Quietschen der Wagen in sein Bewusstsein.

Er erreichte Paris im Morgengrauen und nahm ein Taxi nach Hause, wo er von unten dem offenen Fenster zulächelte. Seine Frau erwartete ihn auf dem Treppenabsatz.

»Bist du nicht völlig übermüdet? Hast du ein wenig geschlafen?«

Zur Entspannung trank er drei große Tassen Kaffee.

»Nimmst du ein Bad?«

Natürlich nahm er eins! Es tat gut, Madame Maigrets Stimme wieder zu hören, den vertrauten Geruch der Wohnung einzuatmen, alles an seinem alten Platz zu finden.

»Ich habe nicht genau verstanden, was du mir am

Telefon gesagt hast. Hast du dich mit dem Fall befasst?«

»Der Fall ist abgeschlossen.«

»Um was handelte es sich?«

»Um jemanden, der nicht verlieren konnte.«

»Das verstehe ich nicht.«

»Macht nichts. Es gibt Menschen, die zu allem fähig sind, um ihren Absturz aufzuhalten.«

»Du musst ja wissen, was du sagst«, murmelte sie philosophisch, ohne weiter darauf einzugehen.

Um halb zehn setzte man ihn im Büro des Chefs über alle Einzelheiten zum Verschwinden der Tochter des Senators in Kenntnis. Es war eine hässliche Geschichte über mehr oder weniger zügellose Zusammenkünfte in einem Keller, bei denen auch Rauschgift im Spiel war.

»Man kann davon ausgehen, dass sie nicht aus freiem Willen verschwunden ist, aber es spricht auch wenig dafür, dass man sie entführt hat. Vermutlich ist sie an einer Überdosis Rauschgift gestorben, und ihre Freunde sind in Panik geraten und haben ihre Leiche aus Angst verschwinden lassen.«

Maigret schrieb sich eine Reihe von Namen und Adressen auf.

»Lucas hat schon ein paar von ihnen verhört. Aber bis jetzt will noch keiner etwas aussagen.«

War es nicht sein Beruf, die Leute zum Reden zu bringen?

»Gut amüsiert?«

»Wo?«

»In Bordeaux.«

»Es hat die ganze Zeit geregnet.«

Er sprach nicht von Fontenay. In den drei Tagen, die er damit verbrachte, die jungen Nichtsnutze, die sich für besonders schlau hielten, zu einem Geständnis zu bringen, hatte er kaum Zeit, an Fontenay zu denken.

Dann fand er in seiner Post einen Brief mit dem Stempel von Fontenay-le-Comte. Aus den Zeitungen hatte er bereits in groben Zügen vom Ausgang des Falls erfahren.

Chabot schrieb ihm in seiner klaren, engen, ein wenig spitzen und fast feminin wirkenden Schrift alle Einzelheiten.

Kurz nachdem Du das Haus in der Rue Rabelais verlassen hattest, hat er sich in den Keller geschlichen, und Arsène hat ihn mit einer Flasche Cognac Napoléon, die schon seit zwei Generationen in der Familie Courçon aufbewahrt wurde, heraufkommen sehen.

Maigret konnte ein Lächeln nicht unterdrücken. Hubert Vernoux hatte sich für seinen letzten Rausch nicht mit irgendeinem Schnaps begnügt. Er hatte sich das Kostbarste, ausgesucht, was der Keller barg, einen wahrhaftig erhabenen Cognac, den man beinahe wie ein Adelspfand hütete.

Als der Diener meldete, dass das Essen angerichtet sei, hatte er schon trübe, rot umränderte Augen. Mit einer theatralischen Geste hat er ihm befohlen, ihn allein zu lassen, und geschrien:

»Die Miststücke sollen ohne mich essen!«

Sie haben sich zu Tisch gesetzt. Etwa zehn Minuten später drangen dumpfe Geräusche aus seinem Zimmer. Man hat Arsène geschickt, um nachzusehen, was dort vorging, aber die Tür war abgeschlossen, und Vernoux war dabei, alles, was ihm in die Hände fiel, zu zertrümmern, wobei er obszöne Worte brüllte.

Als man seiner Schwägerin berichtete, was dort vor sich ging, hat sie gesagt:

»Das Fenster …«

Sie haben sich aber nicht selbst dorthin bemüht, sondern sind im Esszimmer sitzen geblieben, während Arsène auf den Hof rannte. Ein Fenster stand halb offen. Er hat die Vorhänge zur Seite geschoben. Vernoux hat ihn gesehen. Er hatte schon das Rasiermesser in der Hand.

Wieder hat er gebrüllt, man solle ihn in Ruhe lassen, er habe die Nase voll von ihnen, und – wie Arsène erklärte – weiterhin unflätige Worte benutzt, die man ihn nie zuvor hatte aussprechen hören.

Als der Diener um Hilfe rief, weil er nicht wagte, ins Zimmer einzudringen, hat Vernoux sich die Pulsader aufgeschnitten. Das Blut ist herausgespritzt. Vernoux hat entsetzt zugesehen, kurz darauf das Bewusstsein verloren und ist schließlich wie leblos auf dem Teppich zusammengesunken.

Seitdem weigert er sich, irgendeine Frage zu beantworten. Im Krankenhaus hat man ihn am nächsten Tage dabei ertappt, wie er seine Matratze aufschlitzte, und ihn darauf in eine Gummizelle sperren müssen. Desprez, der Psychiater aus Niort, hat ihn bereits einmal untersucht und wird morgen noch einen Spezialisten aus Poitiers hinzuziehen.

Nach Desprez' Ansicht besteht an Vernoux' Geisteskrankheit kaum ein Zweifel, aber er möchte sich wegen des starken Interesses, das der Fall im ganzen Land findet, nach allen Seiten absichern.

Ich habe Alains Leiche zur Beisetzung freigegeben. Das Begräbnis findet morgen statt. Die junge Sabati ist noch im Krankenhaus, und es geht ihr gut. Ihr Vater scheint irgendwo in Frankreich zu arbeiten, ist aber nicht auffindbar. Ich kann sie nicht in ihre Wohnung zurückschicken, da sie immer noch Selbstmordgedanken hat.

Meine Mutter spricht davon, sie als Mädchen ins Haus zu nehmen, um Rose, die langsam alt wird, ein wenig zu entlasten. Ich fürchte aber, dass die Leute …

Maigret kam an diesem Morgen nicht dazu, den Brief zu Ende zu lesen, denn man führte ihm einen wichtigen Zeugen vor. Er steckte ihn in die Tasche, und was dann aus ihm wurde, fand er nie mehr heraus.

»Übrigens«, sagte er am Abend zu seiner Frau, »Julien Chabot hat mir einen Brief geschickt.«

»Was schreibt er denn?«

Er suchte ihn, fand ihn aber nicht. Er war wohl herausgefallen, als er sein Taschentuch oder seinen Tabakbeutel aus der Tasche gezogen hatte.

»Sie wollen ein neues Mädchen engagieren.«

»Das ist alles?«

»Ungefähr.«

Erst eine ganze Weile später, als er sich beunruhigt im Spiegel betrachtete, murmelte er:

»Er kam mir alt vor.«

»Von wem sprichst du?«

»Von Chabot.«

»Wie alt ist er denn?«

»Wir sind zwei Monate auseinander.«

Wie jeden Abend vor dem Schlafengehen räumte Madame Maigret das Zimmer auf.

»Er hätte heiraten sollen«, sagte sie.

Shadow Rock Farm, Lakeville (Connecticut),
27. März 1953

Robert Schindel

Maigret und die Menschenschicksale

Als Jules Maigret erschien und am Quai des Orfèvres seine Ermittlungen begann, war die Welt der Täter, der Opfer, der Richter und der Polizisten abkatastert. Alle hatten ihre Funktion, ihre Bestimmung, ihre Weltsicht. Es gab zwar auch vor dem Kommissar eine Idee davon, dass nicht alles sich in Gut und Böse unterteilt, es gab eine Ahnung von Mischverhältnissen, aber im Großen und Ganzen blieb alles im jeweiligen Revier.

Der unfehlbare Sherlock Holmes, der scharfsinnige Denkriese Hercule Poirot, die geniale Miss Marple, die überschlauen Inspektoren und Privatermittler des Edgar Wallace und andere bevölkerten die Kriminalliteratur und lösten bravourös ihre Fälle. Allerdings, in Übersee amtierten schon mit Fehlern und Schwächen behaftete Kollegen wie Philip Marlowe oder Sam Spade, aber auch die waren letztlich Helden des Guten. Sie waren einsam, widerborstig, rau und gegen den Strich gebürstet und luden als besondere Charaktere zur Identifikation ein.

Der Kleinbürger Maigret aber hatte eine Vorliebe für die kleinen Leute, er interessierte sich für ihre Sorgen, sah ihre Machtlosigkeit, ihre Verzweiflung, denn diese Menschen mussten mit ihrem Schicksal ringen, ob sie es konnten oder nicht. Sie waren gefangen gehalten wie wir alle von unseren persönlichen Kerkermeistern.

Er selbst führte am Boulevard Richard-Lenoir eine Ehe mit immer gleichen, fast ritualisierten Begebenheiten. Besonders befreundet war das Ehepaar Maigret mit dem Ehepaar Pardon. Behaglicher und kleinteilig gemütlicher kann es gar nicht zugehen.

Der Kommissar selbst ist etwas dick, groß, schwer, als würde bereits in seinem Körper jene Unerschütterlichkeit verfasert sein, mit deren Hilfe er ohne Wimpernzucken Hass, Leidenschaft und Maßlosigkeit im jeweiligen Täter-Opfer-Umfeld miterlebte.

Dieser scheinbar gefühllose Koloss hat allerdings oder vielleicht gerade deswegen das feinste Sensorium aller vergleichbaren Kommissare, Inspektoren und Privatdetektive. Nicht nur mit seinem beträchtlichen Verstand, mit allen Sinnen erfasste er ein Milieu und zumeist das Milieu, welches das Verbrechen erst möglich machte. Er bezog seine Erkenntnisse nicht nur aus der Beobachtung der familiären oder sonst lebensgeschichtlichen Umstände der Opfer und Täter, er roch auch am jeweiligen Quartier herum, beschnüffelte beispielweise die Montmartre'sche Rue Caulaincourt, bezog Launen von Bistrobesitzern mit ein und schälte aus dem Gesamtzusammenhang die Täterfigur heraus.

Ich habe mich sehr früh mit Jules Maigret auf einseitige Weise angefreundet. In einem Romanprojekt, das ich aufgegeben habe, durchstreift Maigret gemeinsam mit dem Groschenheftdetektiv Allan Wilton das Quartier Latin.

Die geheimnisvoll indirekte Darstellung Maigrets machte es mir möglich, mein eigenes Bild von ihm zu bewahren, sodass er in mir niemals die Gestalt von Jean Gabin, Rupert Davies oder Heinz Rühmann sowie etlicher anderer Schauspieler, die ihn in Verfilmungen verkörperten, annahm.

Über den vorliegenden Roman *Maigret hat Angst* will ich natürlich nichts verraten. Anhand dieses Falles aber kann man all das soeben Beschriebene nachvollziehen. So viel vielleicht noch:

Die Angst Maigrets bezieht sich nicht und eigentlich nie auf ihn selbst; davor bewahrt ihn seine Dickhäutigkeit, aber auch die fast gleichgültige Hinnahme dessen, was der Fall ist. Doch Maigret ist ein Freund der Menschen gewesen und ist es immer noch. Er hat keinen Begriff von den Menschenrechten im Sinne des Vorsichhertragens, aber er hat sie in seinem seelischen Futteral. Das Sicheinfühlen in die Figuren setzt auch voraus, dass Maigret sämtliche Gefühls- und Verstandesskalen seiner Menschenkinder nicht fremd sind. Deswegen konnte er und kann er über Jahrzehnte hinweg aus der Anschauung des jeweiligen Milieus auf den Täter schließen, und wir erfahren en passant etwas über die Zeit, in der er ermittelt.

Aus der Mittelmäßigkeit der Umstände erwuchs ihm sein Genie. Von Gesellschaftsprozessen wusste Jules Maigret nicht viel. Von den Prozessen, die in den Leuten ablaufen, wenn bestimmte Faktoren gegeben sind, wusste er alles.

Und so kommt er soeben wieder ins Inspektorenzimmer, mustert Janvier, Lucas, Torrence, Lapointe, streift auch mich mit seinem schläfrigen Blick und brummt.

Komm, Lapointe! Komm, Kleiner! Und der jeweils ausgesuchte Inspektor wird ihn durch den Fall begleiten. Bis heute warte ich, dass er auch mich einmal mitnimmt. Es geschieht nicht. So muss ich mich, wie Sie alle, geschätzte Leserinnen und Leser, mit der Lektüre begnügen. Diese Begleitung jedoch ist aller Mühe wert, wenn es denn eine Mühe ist, Maigret zu begleiten. Vielmehr ist es ein Hochgenuss.

MANCHE

Pas-de-

Seine-I

Manche

Calvados

Eure

Côtes

Finistère

-du-Nord

Ille

-et-

Vilaine

Orne

Mayenne

Eure-e

Morbihan

Sarthe

Loire-Infre

Maine

-et-

Loire

Indre

-et-

Loire

OCÉAN

Vendée

Deux-

Sèvres

Vienne

Charente-

-Maritime

Charente

Hte Vienne

Dordogne

ATLANTIQUE

Gironde

Lot-et-Garonne

Tarn

-et-

Garonne

Landes

Gers

Bses Pyrénées

Hte Garonn

Htes Pyrénées

Ariège

ESPAGNE